M. Kayserling

Moses Mendelssohn

Ungedrucktes und Unbekanntes von ihm und über ihn

M. Kayserling

Moses Mendelssohn
Ungedrucktes und Unbekanntes von ihm und über ihn

ISBN/EAN: 9783743479265

Hergestellt in Europa, USA, Kanada, Australien, Japan

Cover: Foto ©Raphael Reischuk / pixelio.de

M. Kayserling

Moses Mendelssohn

Moses Mendelssohn.

Ungedrucktes und Unbekanntes

von ihm und über ihn.

Bearbeitet und herausgegeben

von

M. Kayserling.

Leipzig:
in Commission bei F. A. Brockhaus' Sortiment.
1883.

Seinem theuern Freunde

Herrn Dr. Ad. Jellinek

in Wien.

Geehrter Herr Doctor!

Den ersten Impuls zu unserm schriftlichen Verkehr bot vor jetzt bald siebenundzwanzig Jahren meine erste Arbeit über Moses Mendelssohn, dessen Andenken auch Sie in Wort und Schrift mehrfach gefeiert haben. Ihnen, verehrter Freund, sei daher auch diese Mendelssohn-Reliquie gewidmet als ein erneuertes Zeichen unserer langjährigen Freundschaft und als Erinnerung an den Fest- und Freudentag, welchen Sie nach fünfundzwanzigjähriger segensreicher Wirksamkeit im Schoße der Wiener Gemeinde, im Kreise Ihrer werthen Familie und unter der herzlichen Theilnahme aller Ihrer Freunde und Verehrer feierlich begehen. Möge es Ihnen noch lange vergönnt sein, zur Ehre des Judenthums, dessen Wahrheiten und Interessen Sie immer kühn und unerschrocken vertheidigt, zur Ehre der jüdischen Wissenschaft und des jüdischen Schriftthums, um das Sie sich unvergängliche Verdienste erworben haben, zu wirken und zu schaffen!

In Freundschaft und Verehrung

Dr. Kayserling.

Budapest, 4. October 1882.

Einleitung.

Bald sind hundert Jahre über das Grab Moses Mendelssohn's, des Sokrates des 18. Jahrhunderts, dahin gerollt und noch heute wird sein Name in vorderster Reihe unter denen genannt, welche für Aufklärung und Humanität gewirkt und Unsterbliches geleistet haben. Er war es, der im Vereine mit Lessing die Philosophie von gelehrten Formeln befreit und sie zu einem wesentlichen Factor der Volksaufklärung und Volksbildung erhoben hat. Man zuckt freilich heute die Achseln über die sogenannte Popular-Philosophie, als deren Hauptvertreter Mendelssohn gilt. Philosoph ersten Ranges war er allerdings nicht; es wird Niemand einfallen, ihn mit Spinoza oder Kant zu vergleichen oder auch nur neben beide zu stellen; aber die Klarheit und Schärfe des Geistes, verbunden mit der Tiefe des Gemüths sind selten wieder in gleicher Vollkommenheit angetroffen, und seine Darstellung, sein schöner philosophischer Stil, seine classische Prosa sind bis auf den heutigen Tag kaum erreichte Vorbilder. Als deutscher Schriftsteller nimmt er noch heute einen hervorragenden Platz ein.

Mendelssohn, der unübertroffene deutsche Schriftsteller, war auch Jude, Jude in der edelsten Bedeutung des Wortes. Mit der deutschen, der philosophischen Bildung verband er die treueste Anhänglichkeit an das überkommene Judenthum; diese Vermittelung zwischen Philosophie und Judenthum brachte er durch das Leben selbst zur klarsten Anschauung. Durch seine Bescheidenheit, die fern von jeder Kriecherei war, durch die Gediegenheit seines Wesens, durch seinen musterhaften Charakter zog er Jeden, der ihn kennen lernte, mächtig an, riß er Alles hin; er lehrte in einer Zeit als noch die größten Vorurtheile gegen Juden und Judenthum herrschten, den Christen im Juden den

Menschen achten und ehren. Von Lessing, seinem Busenfreunde, zu schweigen, Männer wie Abbt, Zimmermann, Garve, Hennings u. A., selbst Herder und Kant waren voll Verehrung für ihn; durch seine Liebenswürdigkeit erwarb er sich bei Hoch und Niedrig die größte Hochachtung. Die Königin Ulrike von Schweden, die geistvolle Schwester Friedrich des Großen, schreibt ihrem Sohne, König Gustav III., daß während ihres Aufenthaltes in Berlin „der berühmte Jude" drittehalb Stunden bei ihr gewesen, „ohne daß ihr die Zeit lang geworden wäre". „Richter und Aerzte, Künstler und Gelehrte, Alle liefen zu ihm", berichtet der „Berliner Correspondent" der „Kopenhagener Zeitung", unmittelbar nach dem Tode „Moses des Weisen", wie er ihn nennt, „gleichsam wie zu einem Orakel".

Eine providentielle Persönlichkeit war Mendelssohn für den jüdischen Stamm. Ohne Reformator zu sein und sein zu wollen, weckte er in seinen Glaubensgenossen durch neue Bildungselemente ein neues Geistesleben, leitete er sie, nachdem sie Jahrhunderte hindurch isolirt waren, in das Culturleben hinein und ebnete ihnen den Weg zum Bürgerthum; er bleibt für alle Zeiten das leuchtende Vorbild eines treuen Juden und hingebungsvollen Sohnes des Vaterlandes.

Von einem Manne wie Moses Mendelssohn darf nichts verloren gehen, darf keine Zeile ungelesen bleiben!

Zu den merkwürdigsten Documenten, die ein bedeutender Mann hinterlassen kann, gehören, sagt Goethe, Briefe; in ihnen prägt sich die geistige Physiognomie unwillkürlich aus. Briefe sind es, nebst einigen Abhandlungen, welche den Freunden und Verehrern Mendelssohn's in diesem Schriftchen geboten werden; Briefe, theils ungedruckte, theils unbekannte, überhaupt solche, welche weder in der vollständigen Ausgabe der gesammelten Schriften (Leipzig, Brockhaus), noch in meiner vor zwanzig Jahren erschienenen, und in nahezu 5000 Exemplaren verbreiteten Biographie Moses Mendelssohn's (Leipzig, Mendelssohn) Aufnahme fanden oder finden konnten und zu der diese Schrift eine hoffentlich willkommene Ergänzung bietet.

M. K.

I.

Moses Mendelsjohn und Ijaak Ijelin.

Zu Anfang der sechziger Jahre des vorigen Jahrhunderts vereinigten sich in der freien Schweiz mehrere Freunde des Wahren und Guten zur Gründung einer Gesellschaft, welche sich das hohe Ziel setzte, „die Glückseligkeit der Menschen und die derselben geheiligte Wissenschaft der Gesetzgebung und Moral" zu befördern. An der Spitze dieser Gesellschaft stand neben Salomon Geßner, dem lange Zeit gefeierten Schöpfer der modernen Naturidylle, der Baseler Rathschreiber Ijaak Ijelin, einer der edelsten und trefflichsten Menschen seines Jahrhunderts, zugleich einer der ersten, der vorurtheilsfrei genug war, auch den mißachteten Juden Gerechtigkeit widerfahren zu lassen und auf die glänzenden Seiten im jüdischen Charakter hinzuweisen. So erzählt er in seinen „Ephemeriden": Ein sehr reicher Kaufmann sah sich plötzlich durch Zahlungseinstellungen mehrerer seiner Geschäftsfreunde außer Stande, seinen Verpflichtungen nachkommen zu können. Seine christlichen Geschäftsgenossen bedauerten ihn, ohne ihm zu helfen. Ein Jude, welcher mehrere Jahre in geschäftlicher Verbindung mit ihm gestanden, eilte zu dem rechtschaffenen Kaufmanne und zwang ihn — ein Zwang, der leicht zu ertragen war — über sein Vermögen zu verfügen, seine Schulden zu bezahlen und sich wieder aufzuhelfen. „Dieser edlen That", fügt Ijelin dieser Erzählung hinzu, „war ein Jude fähig, Ihr Christen, die Ihr Euren braven Mitbruder leiden sahet. Der Ort und Name thut nichts zur Sache; die Geschichte ist wahr".[1]

---
[1] Ephemeriden der Menschheit, I, 367.

Für die an das Ideale des Alterthums erinnernde Gesellschaft zur Beförderung der Glückseligkeit warb besonders Iselin Mitglieder und zwar Männer, welche mit den Gründern derselben gleiches philanthrophisches Streben theilten; einer der ersten, auf die er sein Augenmerk richtete, war Moses Mendelssohn. Sonderbar genug! Die Herren der Stadt, in der damals ein Bekenner des Judenthums nicht einmal übernachten durfte, wünschten einen Juden als Mitglied einer „menschenfreundlichen Gesellschaft".

So wenig Mendelssohn auch sonst nach Ehre geizte, so fühlte er sich doch durch die Aufforderung eines Mannes wie Iselin, welchen er als talentvollen Schriftsteller und wahren Menschenfreund schon lange verehrte — seine „Philosophischen und politischen Versuche" und seinen „Versuch über die Gesetzgebung" hatte er in den „Literaturbriefen" eingehend besprochen — nicht wenig geschmeichelt. „Das Glück, in meiner dunkeln Entfernung die Aufmerksamkeit eines Weltweisen, eines Tugendfreundes, einer Gesellschaft mit ihm vereinigter Weltweisen erregt zu haben, ist für mich das Schmeichelhafteste, das ich mir wünschen konnte", heißt es in seinem Briefe an Iselin vom 30. Mai 1762,[1] „und ich weiß Ihnen für Ihre menschenfreundliche Aufmunterung auf keine andere Weise zu danken, als durch die aufrichtige Versicherung, daß ich mich bestreben werde, das Zutrauen zu verdienen, welches Sie in meine Kräfte zu setzen scheinen. Ich gestehe es, theuerster Menschenfreund! ich befürchte, Sie machen sich einen allzu vortheilhaften Begriff von meinen Talenten. Sie scheinen mich für fähig zu halten, in dem Felde, das Sie beeifern und die patriotische Gesellschaft mit vereinigten Kräften anzubauen Vorhabens ist, einen Mitarbeiter abzugeben, und ich habe die gegründetste Ursache, vornehmlich in diesem Stücke in meine Fähigkeiten kein geringes Mistrauen zu setzen. Geburt, Erziehung und Lebensart zeigen ihren Einfluß in die Denkungsart des Menschen nie so sehr, als wenn von diesem edlern Theile der Weltweisheit die Rede ist ... Die bürgerliche Unterdrückung, zu welcher uns ein zu sehr eingerissenes Vorurtheil verdammt, liegt wie eine todte Last auf den Schwingen des Geistes

---

[1] Moses Mendelssohn's ges. Schriften, V, 436 ff.

und macht sie unfähig, den hohen Flug des Freigeborenen jemals zu versuchen".

Mendelssohn, der selbst kein Vaterland hatte und in der preußischen Hauptstadt als Geduldeter lebte, konnte und wollte nicht Mitglied einer patriotischen Gesellschaft werden.

Vier Jahre später wandte sich Iselin abermals an Mendelssohn, diesmal mit dem Projecte des „Tugendbundes". Das Schreiben, in dem er zur Theilnahme an dem Bunde aufgefordert wurde, traf ihn in der äußersten Gemüthsunruhe: „er hatte einen alten Vater, hatte ein zartes Kind vor einigen Monaten verloren und war in Gefahr gewesen, seine Frau, die er mehr als Vater und Kind liebte, zu verlieren". Kaum hatte er die Ruhe des Gemüthes wieder gewonnen, so richtete er an seinen „theuersten und verehrungswerthen Freund" folgenden Brief: [1])

„Theuerster und verehrungswerther Freund!

Ich habe zeither in einer solchen Gemüthsunruhe gelebt, die mich ganz unfähig gemacht hat,[2]) mich mit meinen Freunden zu unterhalten. Meine Vernunft glaubte genug gethan zu haben, wenn sie mich in den Widerwärtigkeiten dieses Lebens nur einigermaßen aufrecht erhält und die Pflichten der ersten Nothwendigkeit nicht versäumen läßt. Bis zur völligen Stille des Gemüths habe ich es bisher noch nicht bringen können und ohne diese Reinigung wage ich mich selten in das Heiligthum der Freundschaft. Dieses ist die Ursache, mein theuerster Freund! warum ich Ihr mir überaus werthes Schreiben bisher unbeantwortet gelassen. Nunmehr sind meine Bekümmernisse Gottlob! vorüber, und ich trage die angenehmste meiner Schulden zuerst ab.

Wenn alle Ihre Freunde so denken, wie wir allhier, so sind sie es gar wohl zufrieden, daß Sie das Vermögen nicht haben, die ganze Auflage Ihrer „Geschichte der Menschheit" [3]),

---

[1]) Philosophische Monatsschrift V, 76 ff.

[2]) Auch in dem neun Tage später geschriebenen Briefe Mendelssohn's an Abbt (Ges. Schr. V, 862) heißt es: Ich habe beinahe die ganze Zeit über in der äußersten Gemüthsunruhe gelebt.

[3]) Die „Geschichte der Menschheit", welche 1764 anonym erschien, wurde von Mendelssohn in der „Allgemeinen deutschen Bibliothek" (Bd. 4, St. 2, ab-

wie Sie wünschen, vernichten zu können. In unseren Augen haben
Sie in diesem kleinen Tractate das Gemälde der menschlichen
Geselligkeit aus einem sehr wohlgewählten Gesichtspunkte gezeigt
und die Vortheile und Nachtheile jeder Stufe der Veränderung
in dem wahrsten Lichte dargestellt. Daß Sie selbst Ihre Aus-
führung so gering schätzen, ist ein Beweis, daß Ihre erste Idee
vortrefflicher gewesen sein muß. Dieses ist sehr in der Ordnung,
denn nur der mittelmäßige Kopf kann sich selbst genug thun und
seine Ideen völlig so ausführen, wie er sie entworfen. Verlassen
Sie sich hierin auf das Urtheil unbestochener Freunde, die Ihre
Schrift mit wahrem Ergötzen studirt und nichts an derselben aus-
zusetzen gefunden als die Kürze. In der That sieht sie nach dem
Geschmack ihrer hiesigen Freunde dem Grundrisse eines größern
Werkes ähnlich. Sie enthält große charakteristische Züge jedes
Weltalters, gründliche Betrachtungen, fruchtbare Begriffe und
neue Aussichten, aber es fehlt die Betrachtung durch die Geschichte
und die nähere Anzeige der Gegenden, auf welche der Beobachter
jedesmal sein Augenmerk gerichtet hat, damit der Leser auf die
Spur geführt werde, sich von den Beobachtungen selbst zu überzeugen. Sie begnügen sich, dem Leser die Resultate von vielen
Beobachtungen und Speculationen vorzulegen und lassen ihn in nicht
geringer Verlegenheit, in dem weiten Felde der Geschichte bald
die Anlässe, bald die Beispiele zu Ihren allgemeinen Betrachtungen
aufzusuchen.

Für die Mittheilung des abermaligen Projects einer „Gesellschaft" bin ich Ihnen unendlich verbunden. Dem Herrn Professor
S u l z e r war es schon bekannt. Ich verehre nach Verdienst die
Absichten der Tugendfreunde und bewundere den seltenen Prinzen[1]),
der von der Würde der häuslichen Tugenden so erhabene Begriffe
hat. Die Privattugenden sind es unstreitig, die dem Sittlichguten
in Vergleichung gegen den Bösen das Uebergewicht geben. In
den Zeiten der Barbarei und der Finsterniß selbst, wo die öffent-

---

gedruckt. Ges. Schr. IV, 2, 521 ff.) sehr günstig beurtheilt: „Wir haben selten
in einem Werke von so kleinem Umfange so viele erhabene Ideen, so viele
ergötzende Aussichten und so viele lehrreiche Anmerkungen angetroffen."

[1]) Es ist, wie ich vermuthe, der Prinz Ludwig von Württemberg gemeint,
der sich allgemeiner Verehrung zu erfreuen hatte.

lichen Angelegenheiten nichts als Greuel und Schandthaten darbieten, findet die Tugend noch immer einen Schutzort in dem Privatleben, allwo sie sich in die stillen Schatten der häuslichen Gesellschaften dem Auge der Geschichtskunde entziehen. Welch ein Verdienst um die Glückseligkeit des menschlichen Geschlechts, wenn es möglich wäre, diese Tugenden durch gemeinschaftliche Bemühungen und öffentliche Anstalten zu befördern! Allein, ich entsage mich nicht, mein verehrungswürdiger Freund! Ihnen unter uns zu gestehen, daß ich die Möglichkeit hiervon in Zweifel ziehe und wenigstens den Weg, den der Stifter dieser Gesellschaft einzuschlagen gedenkt, nicht für den nützlichsten und bequemsten halten kann. Man sagt: chaque société choisira les moyens les plus praticables et les plus surs pour vérifier les faits qui seront venus à sa connaissance. Wie ist das aber bei Privattugenden möglich zu machen? Diese bestehen selten in einzelnen entscheidenden Handlungen, davon die Umstände so leicht zu erörtern sind; nein! diesen Vorzug haben die eclatanten heroischen Tugenden, die in dem gemeinen Leben zwar auch vorkommen, aber doch sehr selten, und wenn sie sich vereinigen, noch niemals unterlassen haben, bemerkt und öffentlich bekannt zu werden. Das große Verdienst der mehrsten Privattugenden liegt in der Dauer und in dem Anhalten des Wohlwollens, in der Ueberwindung vieler kleiner Hindernisse und Schwierigkeiten, die sich der Beförderung des Guten in den Weg legen, in einer Reihe von Handlungen, deren jede die Neugier wenig reizt, die aber, in ihrem ganzen Umfange betrachtet, eine bewunderungswürdige Beständigkeit im Guten zu erkennen geben. Man muß von unendlich vielen Umständen, fast von dem ganzen Leben eines Privatmannes unterrichtet sein, um den Werth seiner häuslichen Tugenden richtig zu schätzen. Welcher Beobachter kann seine Genauigkeit so weit treiben? Und wenn er es thut, wie will er das Publikum von der Richtigkeit seines unendlichen Details versichern? Noch mehr! Selbst dieses, daß die Tugenden des gemeinen Lebens in den Schranken eines kleinen Cirkels bleiben, gibt ihnen eine gewisse Grazie, die ihren Werth unendlich erhöhet. Sobald sich Gleisnerei und Ostentation mit in das Spiel mischet, so verschwindet ein großer Theil von ihrer Anmuth.

Endlich was für ein gezwungenes und ängstliches Wesen bringt man in das gesellschaftliche Leben der Menschen, wenn man sich zum Voraus als Kundschafter und Richter ihrer geheimsten Neigungen und Handlungen ankündigt. Der zärtlichste Freund, der Vertrauteste meines Herzens, macht mich schüchtern und zurückhaltend, sobald ich die Absicht merke, warum er mich so genau beobachtet. Ich zweifle zwar, ob man ohne eine ziemliche Dosis von Eitelkeit wünschen kann, wegen Privattugenden öffentlich gerühmt zu werden, und Klein-Jogg¹), so groß auch die Seite ist, von welcher er öffentlich vorgestellt worden, kann doch unmöglich an diesem Auspofaunen seiner hausräterlichen Tugenden Gefallen finden.

Der Beifall, mit welchem der Tractat des Délits et des Peines sowohl in Italien als in der Schweiz ist aufgenommen worden, hat mich begierig gemacht, dieses Werkchen zu lesen. Ich kann nicht sagen, daß es meine Erwartungen so gut erfüllt habe als die Entretiens de Phocion des Abbé Mably²), die in dem vorigen Jahre den Preis erhalten. Der Italiener hat den gar seltamen, beleidigenden Ton des Rousseau angenommen, der immer so spricht, als wenn das ganze menschliche Geschlecht vor seiner Zeit gar nicht gedacht hätte. Und eben diese Geringschätzung aller vorigen Schriftsteller bringt diese Weltweisen dahin, daß sie öfters längst widerlegte Grillen für unumstößliche Wahrheiten halten und Grundsätze auskramen, deren Unrichtigkeit in jedem Compendio dargethan wird. So gründet der Verfasser des Tractats „Von den Strafen" seine ganze Theorie auf den Satz, daß das Recht zu strafen sich auf das Pactum sociale stütze, und hieraus beweist er die Unzulässigkeit der Capitalstrafen. Allein wenn mir von Natur kein Recht zukommt, denjenigen zu strafen, der mein vollkommenes Recht violirt, so kann ich solches durch kein Pactum in der Welt erlangen. Nach der Voraussetzung dieses Schriftstellers würde kein Staat befugt sein, einen benachbarten Staat oder

---

¹) Klyn-Jogg war, wie Abbt an Mendelssohn schreibt (Ges. Schr. V, 354) zugleich mit dem Prinzen Ludwig von Württemberg 1765 in Schinznach.

²) Gabriel Bonet de Mably, ein Bruder Condillac's, starb zu Paris, den 23. April 1785. Seine hier erwähnte Schrift Entretiens de Phocion sur le rapport de la morale avec la politique erschien 1765.

auch einen einzigen Ausländer, der ihn höchst beleidigt hat, zur Strafe zu ziehen, wenn er mit ihm keinen Vertrag dieser Art eingegangen. Die Ungereimtheit hiervon fällt in die Augen.

Eine flüchtige Anmerkung von eben diesem Schriftsteller hat mich in nicht geringe Verwunderung gesetzt. Er erwähnt irgendwo im Vorbeigehen des Eigenthumsrechts und setzt in einer Parenthese folgende Worte hinzu: Droit terrible et qui n'est peut-être pas necessaire. Was? Haben die Sophistereien des großen Weltweisen so weit durchgedrungen, daß man kein Bedenken trägt, von dem heilsamsten Rechte der menschlichen Gesellschaft so verächtlich zu sprechen! Man erlaubt es einem Genie allenfalls zur Debauche des Geistes einen paradoxen Satz durch alle seine Folgen durchzusetzen, und damit Künste und Wissenschaften nichts zum Besten des menschlichen Geschlechts gethan haben sollen, das Eigenthum und die ganze gesellschaftliche Einrichtung überhaupt für unnöthig auszugeben. Aber diese seltsamen Folgen zuversichtlich anzunehmen und in einem Werke, das die Menschen von ihren Rechten und Obliegenheiten unterrichten soll, im Vorbeigehen als ausgemacht anzuführen, verräth meines Erachtens keine geringe Uebereilung. Wer die wilden Meinungen nicht kennt, die in unseren Tagen Aufsehen machen, muß diese ganze Zeile für einen Druckfehler halten.

Leben Sie wohl, mein theuerster Freund! und fahren Sie fort, mich Ihres freundschaftlichen Andenkens zu würdigen. Ich bin mit wahrer Hochachtung

Ihr aufrichtiger Freund und Diener
Moses Mendelssohn".
Berlin, den 1. Juni 1766.

Dem am 15. Juni 1782 verstorbenen Freunde setzte Mendelssohn in seinem ein Jahr später erschienenen „Jerusalem" ein Denkmal. Er citirt aus einem der letzten Aufsätze der „Ephemeriden der Menschheit" die schönen Worte Iselin's: „Die Menschen sind für einander geschaffen; belehre deinen Nächsten oder ertrage ihn", und fährt dann fort: „Das Andenken dieses wahren Weisen sollte Jedem seiner Zeitgenossen, der Tugend und Wahrheit werthschätzt, unvergeßlich sein. Desto unbegreiflicher ist es mir selbst, wie ich ihn habe übergehen können, als ich die wohlthätigen Männer nannte, die in Deutschland zuerst die Grundsätze der uneingeschränkten Toleranz auszubreiten suchten, ihn, der sie in unserer Sprache sicherlich früher und lauter als irgend einer in ihrem weitesten Umfange lehrte" [1]).

II.

Moses Mendelssohn und Joh. Georg Zimmermann.

"Sie fragen, welches denn die schweizerischen Schriftsteller sind, die unter den Deutschen zuerst angefangen, die Menschen in der großen politischen Gesellschaft mit wahren philosophischen Augen zu betrachten? Ich glaube Ihnen die Namen Iselin und Zimmermann mehr als einmal genannt zu haben ......". So beginnt Mendelssohn den 143. Brief, die neueste Literatur betreffend, in dem er die 1760 erschienene verbesserte Auflage von Zimmermann's berühmter Schrift "Vom Nationalstolz" beurtheilt und dieselbe "in ihrer neuen Gestalt für eine der feinsten Ausarbeitungen hält, die wir im Deutschen haben".[2])

Zimmermann, der nach Beendigung seiner medicinischen Studien in seinem Geburtsorte Brugg, der aargauischen "Prophetenstadt", als Stadtrath und Schriftsteller lebte, bis er im Juli 1769 einem Rufe als k. großbritanischer Hofrath und Leibarzt nach Hannover folgte, hatte noch früher als Iselin unsern Mendelssohn achten und schätzen gelernt; in seine "Hochachtung für diesen außerordentlich großen, liebenswürdigen und tugendhaften Lehrer der Wahrheit und des Geschmackes mischte sich", wie es in seinem Briefe an Nicolai vom Juli 1765 heißt, "so viel Zärtlichkeit, daß er sogar mit dankvollem Herzen seine Ruthe küßte".

Das freundschaftliche Verhältniß zwischen Mendelssohn und Zimmermann, das durch die bisher ungedruckten Briefe, welche der Archivar Bodemann in Hannover in neuester Zeit veröffent-

---

[1]) Moses Mendelssohn's ges. Schr. III, 300.
[2]) Mos. Mendelssohn's ges. Schr. IV, 2, 224 ff.

lichte¹), an Bedeutung und Klarheit gewonnen hat, beginnt mit dem Jahre 1771; damals hielt sich Mendelssohn mehrere Tage in Hannover auf und lernte Zimmermann persönlich kennen. Bald bot sich auch ihm Gelegenheit, Mendelssohn's Besuch in Berlin zu erwidern; sein Augenleiden hatte sich nämlich derart verschlimmert, daß er sich einer Operation unterziehen und zu diesem Behufe einige Monate in der preußischen Hauptstadt verweilen mußte.

Ein Freund Mendelssohn's, der jüdische Banquier Michel David in Hannover, „der über dreimalhunderttausend Thaler im Vermögen hatte", gab ihm einen offenen Creditbrief nach Berlin mit, wo er so viel Geld auf seine Rechnung nehmen konnte, als er wollte. „Er will dagegen", erzählt Zimmermann, „absolut keine Sicherheit von mir, keinen Zins und kein Geld, bis ich ihm dasselbe eigenhändig in Hannover in guter Gesundheit wieder geben könne". „Aber Herr Michel David", sagte ich, „und wenn ich in Berlin sterbe?" Er antwortete: „Herr Leibmedicus, einen so rechtschaffenen Mann, wie Sie sind, läßt Gott nicht sterben". „Er wollte mich auch noch ein gutes Stück Weges mit seinem eigenen Wagen fahren lassen und zwar ohne Entgelb; ich habe es aber nicht angenommen"²).

In dieser seiner Leidenszeit empfing Zimmermann oft den Besuch Mendelssohn's, und der auf dem Zenith seines Ruhmes stehende königliche Leibarzt kam nach seiner Genesung häufig zu seinem jüdischen Freunde, „zu seiner vortrefflichen Gattin und seinen liebenswürdigen Kindern", um dem damals selbst sehr leidenden Freunde, wenn auch nicht gerade ärztlichen Beistand zu leisten, wohl aber, dem ihn behandelnden Arzte kleine Winke zu geben, „wie er ihn zu führen habe."

Unmittelbar bevor Zimmermann Berlin verließ, erhielt er von Mendelssohn einen Brief, in dem er ihm seine Ansichten über die Psalmen eröffnete. Derselbe lautet:

„Allerdings hat mein Freund Nicolai meine Unwissenheit

---

¹) Joh. G. Zimmermann. Sein Leben und bisher ungedruckte Briefe an denselben u. s. w. (Hannover 1878).

²) Zimmermann's Briefe an einige seiner Freunde in der Schweiz, 184.

ein wenig übertrieben. Herr Consistorialrath Jacobi[1]) hat vollkommen Recht; es sind weit mehr als vier Psalmen so leicht zu verstehen, als nur immer eine Stelle in den historischen Schriften des Alten Testaments sein kann. Aber von vielen, sehr vielen Psalmen muß ich gleichwohl gestehen, daß ich sie schlechterdings nicht verstehe. Unter den leichtverständlichen sind viele, die ich für sehr mittelmäßige Gedichte halten muß: Verse ohne Verbindung, bald Wiederholungen eines und eben desselben Gedankens bis zum Ueberdruß, bald Sprünge und Ausweichungen, die keine Begeisterung rechtfertigen kann. Man könnte die Verse in jeder andern Ordnung aufeinander folgen lassen, ohne daß der Zusammenhang wirklich schlechter würde. Aber von den vortrefflichen Gedichten, die wahre Muster in der lyrischen Dichtungsart sind, kenne ich nur wenige, die mir durchgehends verständlich wären. Ich habe über den „Prediger" einen Commentar herausgegeben, den Herr Rabe ins Deutsche übersetzt hat.[2]) Ihnen und dem Herrn Consistorialrath Jacobi darf ich aber gestehen, daß ich viele Stellen in dem „Prediger" nicht verstehe. Ich habe es gemacht, wie die Ausleger es alle machen, den Sinn hineingelegt, der sich mit dem Inbegriff der Worte einigermaßen verträgt, und damit muß der Leser schon zufrieden sein. Aber ich selbst kann es nicht sein, ich weiß, daß der Sinn an vielen Stellen so unnatürlich ist, daß sich kein guter Schriftsteller so ausdrücken würde, wenn er eben dies zu sagen hätte. Und Salomo sollte sich so ausgedrückt haben? Eben also geht es mir mit vielen Psalmen. Wenn ich den gewöhnlichen Weg der Ausleger gehen wollte, so könnte ich die Psalmen so gut als den Prediger commentiren, aber ich würde mir selber nicht Genüge thun. Fünfzehn oder zwanzig von den vortrefflichsten Psalmen habe ich mir übersetzt, und diese glaube ich zu verstehen. Ich werde mit dieser Arbeit fortfahren, sobald es

---

[1]) Es ist dies der Bruder des Philosophen von Pempelfort; derselbe wurde durch Gleim bei Mendelssohn eingeführt.

[2]) Diese deutsche Uebersetzung erschien unter dem Titel: „Der Prediger Salomo, mit einer kurzen und zureichenden Erklärung nach dem Wort-Verstand u. s. w. von dem Verf. des Phöbon. Aus dem Hebräischen übersetzt von dem Uebersetzer der Mischnah. Anspach 1771.

Ihre Kunst erlauben wird, mein vortrefflicher Freund! jetzt darf ich kaum daran denken.

Herr Michaelis ist ein vortrefflicher Schriftausleger, aber mit seinen Psalmen[1]) glaube ich am wenigsten zufrieden sein zu können, und wer weiß, ob er nicht mit meiner Auslegung ebenso wenig zufrieden sein würde. Einige schwere Psalmen sind von der Art, daß Sie hineinlesen können, was Sie wollen; vermuthlich weil man die Gelegenheit nicht weiß, durch welche sie veranlaßt worden, weil Verfasser, Zeit und Umstände davon unbekannt sind, weil einige Stellen corrumpirt sein mögen u. s. w. Ich könnte Ihnen zwei Psalmen anführen, die von den Auslegern beider Nationen für Prophezeiungen auf den Messias gehalten werden. Ich habe sie genauer untersucht und glaube in einem davon eine satyrische Ode auf den Geiz und in dem andern eine Schmeichelei zu erkennen[2]), die ein Hofdichter dem David gemacht, als sein Feldherr Rabba belagerte. Genug hiervon."

Die Ansichten, welche Mendelssohn in diesem Briefe über die Psalmen ausspricht, sind keineswegs neu; er hat sich ungefähr ein Jahr früher gegen Joh. D. Michaelis in Göttingen in gleichem Sinne geäußert. Auch ihm schrieb er den 12. November 1770: „Ich habe vor einiger Zeit etwa zwanzig Psalmen, worunter auch einige von den schwersten, in einem freien Silbenmaße, das dem Hebräischen, meinem Gehöre nach, ziemlich nahe kommt, ins Deutsche übersetzt"[3]).

Der hier mitgetheilte Brief Mendelssohn's an Zimmermann ist im Original ohne Datum, und der Herausgeber hat auch nicht einmal den Versuch gemacht, dasselbe, wenn auch nur annähernd zu bestimmen, obgleich es sich aus dem Schlusse des Briefes von selbst ergibt: „Reisen Sie glücklich, mein bester, theuerster Freund!

---

[1]) Die deutsche Uebersetzung der Psalmen mit Anmerkungen von J. D. Michaelis erschien Göttingen 1771.

[2]) Es ist das der 110. Psalm, welchen viele ältere und neuere Ausleger auf den erwarteten Messias beziehen; vergl. Moses Mendelssohn's Anmerkungen zu den Psalmen, ges. Schr. VI, 364.

[3]) Mein: Moses Mendelssohn. Sein Leben und seine Werke (Leipzig 1862), 510.

Bei Bodemann a. a. O. 287 f.

ich begleite Sie mit meinen Wünschen und erwarte die Nachricht von Ihrer glücklichen Ankunft mit der äußersten Sehnsucht". Mendelssohn, der durch seinen leidenden Zustand verhindert war, dem Freunde persönlich eine glückliche Reise zu wünschen, verabschiedete sich schriftlich von ihm; der Brief ist somit von November 1771 zu datiren. Anfang December war Zimmermann bereits wieder in Hannover. Am 16. December 1771 richtete der gemeinsame Freund Nicolai ein Schreiben an ihn, in dem es u. A. heißt: "Ich schreibe diesen Brief ohne Herrn Moses gesehen zu haben, dessen Gesundheit nicht so ist, wie ich es wünsche. Er kann noch nicht einmal seine Handlungsgeschäfte verrichten, und fast befürchte ich, daß er zu gelehrten Arbeiten sobald noch nicht Stärke bekommen wird. Er selbst weissaget sich dies, und wenn ich mit ihm allein bin, merke ich, wie traurig ihm diese Perspective ist, und ich mag und kann ihn darüber nicht trösten, weil mein Trost Gift sein würde. Ich schließe von meiner Empfindung auf die seinige. Er ist mein treuester, bewährtester Freund. Ich kenne den Werth seiner Talente und seines Herzens mehr wie irgend Jemand — selbst Lessing kennt ihn kaum so genau — ich weiß also, wie viel die Welt bei seiner Krankheit verliert"[1]).

Mendelssohn's Zustand besserte sich allmählich, so daß er es sogar wagen durfte, wie Nicolai an Zimmermann schreibt, Lessing's neues Trauerspiel, Emilia Galotti, ganz zu lesen[2]). Den 25. Juni 1772, an demselben Tage an dem er auch Michaelis in Göttingen schrieb[3]), erstattete er selbst dem Leibmedicus Bericht über seinen Zustand in folgendem Briefe:

"Erlauben Sie, daß ich den Platzregen von Briefen, von welchen Sie überfallen werden, um einige Tropfen vermehren darf. Meine Briefe haben den Vorzug, daß sie auf keine Antwort bringen und Ihnen vollkommen die Freiheit lassen, sie allenfalls ungelesen bei Seite zu legen. Ich bin kein Kranker mehr, der Ihrer schleunigen Hilfe bedarf. Ich bin Gottlob! größtentheils wieder hergestellt, und wenn Euer Hochedelgeb. nur die Geneigtheit haben

---

[1]) Bodemann, a. a. O. 301.
[2]) Das. 301.
[3]) Mein: Moses Mendelssohn, 516.

wollen, meinem Arzt, wie bisher geschehen, von Zeit zu Zeit einen kleinen Wink zu geben, wie er mich ferner zu führen habe, so habe ich die beste Hoffnung, mehr Hoffnung als da ich das letzte Mal das Vergnügen hatte, Ihnen zu schreiben[1]), denn ich merke seit der Zeit eine tägliche Zunahme an Munterkeit und Kräften.

Ich wohne jetzt in der angenehmsten Gegend des Thiergartens, besorge gleichwohl täglich meine Handlungsgeschäfte in der Stadt und kehre des Abends in das annuthige Landhaus meines Freundes zurück, das am Ufer der Spree, dem Sulzer'schen Garten im Moabiterlande gegenüber liegt. Einer Reise nach Pyrmont widersetzen sich meine häuslichen Umstände....[2]).

Ich habe die Ehre mit der aufrichtigsten Hochachtung und Verehrung zu sein Dero vom Herzen ergebenster

Moses Mendelssohn".

In der Correspondenz zwischen Mendelssohn und Zimmermann, so weit sie uns erhalten ist, tritt nun eine Pause von vier Jahren ein.

Im October 1777 begab sich Mendelssohn, vermuthlich in Geschäftsangelegenheiten, nach Hannover[3]), wo er statt acht bis zehn Tage, wie er anfangs beabsichtigte, beinahe zwei Monate blieb und die Freude hatte, mit Zimmermann häufig zu verkehren. Bald nach seiner Ankunft in Berlin richtete er an ihn folgenden vom 29. Januar 1778 batirten, in mehrfacher Hinsicht sehr interessanten Brief:

„Es ist im genauesten Verstande wahr, was man von der Entzückung sagt, in welche Brockmann[4]) die sonst so frostigen

---

[1]) Dieser Brief ist nicht auf uns gekommen.

[2]) Aehnlich klagt er in seinem Briefe an Michaelis; siehe mein: Moses Mendelssohn, 516.

[3]) Der nach Jahr und Monat nicht datirte Brief Hamann's, welchen Carrière in Westermann's „Illustr. deutschen Monatsheften" (1878, Mai, S. 164 f.) abdruckt und in dem es heißt: „An unsern Freund Herrn Mendelssohn, wenn er von Hannover zurückgekommen ist, denke ich mit nächstem selbst zu schreiben", ist vom 23. oder 24. November 1777, nicht aber 1778, wie Carrière angibt, zu batiren.

[4]) Brockmann, der bedeutendste Schauspieler seiner Zeit, war zu Anfang des Jahres 1778 in Berlin und feierte als Hamlet seltene Triumphe. Was Mendelssohn Brockmann ins Stammbuch schrieb, findet sich ges. Schriften IV, 1, 120.

Berliner zu versetzen gewußt hat. Als ich von Hannover zurückkam, war Alles so voll, so begeistert von seinem täuschenden Spiele, vornehmlich in der Rolle des Hamlet, daß sogar in allen Küchen und Bedientenstuben von nichts anders gesprochen wurde. Das Komödienhaus war in diesen Tagen so gepreßt voll, daß ich Mühe hatte eine Stelle zu finden. Es hatte sogar einiges Frauenzimmer aus Beysorge keine Stelle zu finden, wenn sie später käme, ihre kalte Küche mitgenommen und Mittags im Paterre gespeiset. Auch mich riß er völlig hin, und er schien alle Erwartungen zu übertreffen, die ich mir je von einem guten Schauspieler gemacht hatte. Man bekommt in dieser Gegend nie so was zu sehen, und von dem elenden Spiele zu urtheilen, mit welchem die gewöhnlichen Schauspieler uns zuweilen vor die Augen treten, ist man in Gefahr Alles, was von der Kraft der Täuschung erzählt und geschrieben wird, für geflissentliche Uebertreibung zu halten, bis endlich ein Mann sich zeigt, der wie Hamlet zu seiner Mutter sagt: Hier! hier! siehst Du nicht? Und alsdann hat er auch unsern Glauben so fest, so sicher, daß er der Kritik hohnsprechen und der gesunden Vernunft die Thüre weisen kann. Erst bei der dritten, vierten Vorstellung kam es mir vor, als wenn ich eine Möglichkeit entdeckte, wie Jarrick ihn dennoch übertroffen haben kann. Der Engländer, sagte ich mir, oder vielmehr meiner freigeisterischen Kritik zu seiner rechtgläubigen Empfindung, der Engländer mag vielleicht weniger **gethan** und eben dadurch mehr **geleistet** haben. Es schien mir als wenn Brockmann für den Charakter dieses Prinzen zu viel thue, sich zu lebhafte Bewegungen gebe und zu viel nachahmende Geberden in sein Spiel mischte. Zuweilen war mir, als wenn ich einen feierlichen Gelehrten erblickte, wo ich das vornehme Wesen eines Prinzen erwartete. Endlich glaubte ich sogar zu bemerken, daß er die allmähliche Gradation und die mannichfaltigen Abänderungen der Laune und Gemüthsbeschaffenheiten, in welche der Dichter diesen unnachahmlichen Charakter gerathen läßt, nicht genug studirt habe. Mit einem Worte: wenn ich meiner Kritik Gehör gebe, so kann der Engländer den Deutschen zwar nicht in dem täuschenden Ausdruck der Leidenschaften, wohl aber in der Kenntniß der großen Welt und in dem tiefen Studium seines

Autors übertroffen habe. Jedoch getraue ich mich nicht, diese meine Gedanken öffentlich zu behaupten, um der Inschrift der Schaumünze, welche diesem großen Schauspieler zu Ehren geprägt worden, nicht geradezu zu widersprechen.

Von dem ergötzenden Schauspiele auf den Tod Haller's zu kommen. Der Sprung ist wenigstens eben so groß als aus der täuschenden Zauberwelt in das wirkliche Leben. Was für eine Niederlage hat die gelehrte Welt in der Zeit von wenigen Monaten erlitten, Lambert, Segner, Haller, Linnaeus, Ferguson, Robertson, Hume, Nollet! Alle diese große Namen sind dahin! Hat sich etwa die Dummheit mit dem Tode wider uns arme Sterbliche in ein Freundschaftsbündniß eingelassen? Unser vortrefflicher Sulzer allein weiß sich noch gegen diese vereinigten Feinde zu behaupten. Gott weiß wie lange!

Mich dünkt, Teutschlands Genius siehet auf Sie, vortrefflicher Zimmermann, und erwartet oder vielmehr fordert von Ihnen eine zweite Lebensgeschichte des Herrn von Haller. Als Sie die erste schrieben, hatte Haller seine Laufbahn noch nicht vollendet, und Sie die Ihrige kaum betreten. Nunmehr hat jener die seinige geendet, und Sie stehen auf der Ihrigen an einem Orte, wo Sie beides, Anfang und Ende, in gleichem Lichte übersehen können. Die Arbeit, so groß sie auch sein mag, kann Ihnen doch lange so viel Mühe nicht machen, als Sie Verdruß haben würden, wenn sie in Pfuscherhände gerathen sollte, und dieses ist unausbleiblich, wenn Sie sich nicht bald Ihres großen Landsmannes annehmen.

Leben Sie recht wohl, mein theuerster Freund! Ich erinnere mich, daß man Ihnen weder durch lange Besuche noch durch lange Briefe Ihre kostbare Zeit rauben sollte. Leben Sie also wohl und fahren Sie fort mich zu lieben,

Ihren aufrichtigen Verehrer und Freund
Moses Mendelssohn.

N. S. Gestern habe ich Wieland's Rosamund und heute Lessing's Duplik gelesen. Wenn jene den alternden Dichter verräth, so gibt diese den verjüngten Streiter in seiner ganzen Munterkeit zu erkennen. So wenig Freund Sie auch von polemischen Schriften sein mögen, so bitte ich Sie doch, diese Duplik zu lesen. Sie ist in meinen Augen eine der besten Komödien Lessing's werth".

Dieser Brief erklärt einen Passus in dem Schreiben Mendelssohn's an Zimmermann vom 12. Mai 1778 [1]), welcher dem Herausgeber seinem eigenen Geständnisse zufolge unverständlich war. Auch in dem vier Monate später geschriebenen Briefe erwähnt Mendelssohn Haller's Biographie. „Wenn vollends durch diesen Streit" — nämlich den Streit, welchen Zimmermann mit Lichtenberg wegen Lavater führte — „Haller's Leben nur um einen Grad schlechter werden oder auch nur eine Messe später erscheinen sollte, so würde ich die Streitbegierde der Göttingischen Gelehrten von ganzer Seele verwünschen. Ihre Ankündigung hat mich überaus aufmerksam gemacht". Zimmermann hatte auf die Aufmunterung Mendelssohn's in der That den Plan gefaßt, das dreiundzwanzig Jahre früher von ihm erschienene „Leben Haller's" neu zu bearbeiten, hatte auch das Erscheinen des Buches bereits angekündigt; es fehlte ihm aber an Ruhe und Muße und so ließ er den Plan alsbald wieder fallen.

Die Correspondenz zwischen Mendelssohn und Zimmermann erlitt eine mehrjährige Unterbrechung und wurde erst 1784 mit dem Erscheinen von Zimmermann's Werk „Ueber die Einsamkeit" wieder aufgenommen. Nachdem Mendelssohn dasselbe, begleitet von einem Schreiben des Verfassers, erhalten, dankte er ihm den 1. September 1784 in folgendem Briefe [2]):

„Das herrliche Geschenk, das Sie mir mit Ihrem Werke „Ueber die Einsamkeit" gemacht, habe ich wohl erhalten. Meinen Dank sowie die Antwort auf das freundschaftliche Schreiben, mit welchem es begleitet war, habe ich bisher verschoben. Ich war Willens das Werk selbst vorher mit der Aufmerksamkeit durchzulesen, die es verdient, weil ich wußte, daß dem Edeldenkenden recht genießen der schicklichste Dank sei. Allein es verließ kaum die Hände des Buchbinders, so bemächtigten sich desselben meine Frau,

---

[1]) Moses Mendelssohn's ges. Schriften V, 549.
[2]) Bodemann, a. a. O. 290 f.

mein Schwiegersohn, meine Tochter[1]), mein Sohn, die alle zwar gute aufklärungswürdige Menschen sind, an deren Vergnügen ich auch herzlichen Antheil nehme. Indessen geht das Werk noch immer in meinem Hause von Hand in Hand, und ich habe bisher nur einzelne Blicke hineinwerfen können. Zur sehr gelegenen Zeit haben Sie gesprochen, vortrefflicher Mann! Wir träumten von nichts als Aufklärung und glaubten durch das Licht der Vernunft die Gegend so aufgehellt zu finden, daß die Schwärmerei sich gewiß nicht mehr zeigen werde. Allein wie wir sehen, steiget schon von der andern Seite des Horizonts die Nacht mit allen ihren Gespenstern wieder empor. Das Fürchterlichste dabei ist, daß das Uebel so thätig, so wirksam ist. Die Schwärmerei t h u t und die Vernunft begnügt sich zu s p r e c h e n. Der Lord Shaftesbury glaubte, Witz und Laune seien die kräftigsten Gegenmittel wider den Fortgang des schädlichen Aberglaubens. Allein bloßer Scherz vertreibt das Vorurtheil nur zum Schein. Aus Furcht, verspottet zu werden, sucht man höchstens seine Albernheit zu verheimlichen. Man spottet wohl selbst mit, wo dieser Ton herrscht, und ist in seinem geheimsten Schlafgemache, wie ich Beispiele gesehen, nichtsdestoweniger verführter und verführender Schwärmer. Der beste Ton ist, wie mich dünkt, der, den Sie gewählt haben. Sie lassen dem gesunden Menschenverstande die L a u n e zur Seite gehen. Sie geben der Vernunft ihre Nahrung und lassen auch die Einbildungs- und Dichtungskraft nicht barben. Man denkt und empfindet, bedauert, lacht und bewundert, nachdem der Gegenstand es erfordert. Wenn die Kinder Ihres Geistes so zu Hause ihren Unterhalt und ihre Beschäftigung finden, so werden sie desto weniger s c h w ä r m e n. Es wäre zu wünschen, daß ein glückliches Kind der Vorsehung mit eben solchen Waffen wider den Atheismus, der bald der Vorläufer, bald der Nachfolger der Schwärmerei ist, zu Felde zöge, ein Mann, der den hohen Ernst der Vernunft, sowie die sanfteste Wärme der Empfindung und alle Mittel einer reichen, aber nicht verschwenderischen Einbildungskraft in seiner Gewalt haben müßte, mit

---

[1]) Dorothea, welche sich Anfang April 1784 mit dem Bankier Simon Veit verheiratet hatte; vergl. mein: Die jüdischen Frauen in der Geschichte, Literatur und Kunst (Leipzig 1879), 185.

einem Worte, wenn ich mir das Ideal desselben vorstellen will: ein Mann, der das für die Sache der Gottheit thun könnte, was Winckelmann für das Heidenthum gethan. Dieser würde zu Ihrem Werke der Kunst den Pendant schreiben, und so hätten wir dem von allen Seiten einreißenden Uebel auch von allen Seiten zu steuern gesucht. Von meiner Seite muß ich es vor der Hand blos bei dem frommen Wunsche bewenden lassen. Ich fühle mich zur Vollendung dieses erhabenen Werkes viel zu schwach. Indessen will ich, so lange mir die Vorsehung das Leben fristet, Materialien dazu herbeischaffen. Vielleicht bedient sich derselben einst ein glücklicherer Sterblicher, und vielleicht — tröstend und herzstärkend ist dieser Wunsch für meine Schwachheit — vielleicht ist dieser glücklichere mein Sohn!

Leben Sie wohl und fahren Sie fort mich zu lieben,

Ihr aufrichtiger Freund

Moses Mendelssohn".

Es ist das ein köstlicher Brief, in dem sich der ganze Mendelssohn abspiegelt mit seinem Streben und Hoffen. Mit diesem Briefe in engem Zusammenhange steht die später in der „Berlinischen Monatsschrift" erschienene Abhandlung: „Soll man der einreißenden Schwärmerei durch Satyre oder durch äußerliche Verbindung entgegenarbeiten"?[1]) Dieselben Ideen, ja fast dieselben Worte! Man höre gleich den Anfang: „Shaftesbury war schon der Meinung: das beste Mittel, den Fortgang der Schwärmerei und des Aberglaubens zu hemmen, sei Scherz und Laune..... Aber er bediente sich dieser Methode nicht ohne weise Mäßigung... Am Ende gibt der Spott doch keinen Unterricht. Echte Aufklärung ist es doch wohl nicht, wenn die Menschen aus Furcht, verspottet zu werden, ihre Albernheiten zu verheimlichen suchen. Sie ziehen alsdann höchstens die Maske der gesunden Vernunft vor, spotten wohl selbst mit, wo dieser Modeton herrscht; und sind nichtsdestoweniger in ihren geheimen Schlafgemächern Schwärmer — verführte und auch verführende Schwärmer".

---

[1]) Moses Mendelssohn's ges. Schriften III, 413 ff.

Es folgt nun noch ein Brief Mendelssohn's an Zimmermann, der bald nach dem Erscheinen der „Morgenstunden" geschrieben ist, er lautet:

„Ich bin so frei, Ihnen durch den Verleger von Leipzig aus ein Exemplar von meinen „Morgenstunden" zu schicken, davon ich die Materie Ihrer strengsten Kritik, die Form aber Ihrer gütigen Nachsicht empfehlen muß. Der Verfasser des classischen Werkes „Ueber die Einsamkeit" muß wissen, daß das Belecken der jungen Gedanken der Mutter so sauer wird als das Gebären. Das Ausbilden und Vollenden erfordert eine zweite Anstrengung, und ach! ich bin kaum der ersten noch fähig, die zum bloßen Berichtigen gehört. Die Veranlassung zur Bekanntmachung der „Morgenstunden" wollte ich in dem folgenden Theile anzeigen, aber Herr Jacobi ist mir zuvorgekommen und hat solche unter dem Titel: „Ueber Spinoza's Lehrgebäude, in Briefen an Moses Mendelssohn" öffentlich bekannt gemacht. Dieses Büchelchen ist ein gar sonderbares Monstrum. Der Kopf von Göthe, der Leib von Spinoza und die Füße von Lavater!

Von ganzem Herzen   der Ihrige

Moses Mendelssohn".[1]

Auch diesem Briefe fehlt im Original das Datum, das zu bestimmen jedoch nicht schwer fällt. Man vergleiche diesen Brief mit dem, welchen Mendelssohn nach dem Erscheinen der „Morgenstunden" an Kant richtete; er beginnt fast mit denselben Worten: „Ich bin so frei gewesen, Ihnen durch den Buchhändler Voß und Sohn ein Exemplar von meinen „Morgenstunden" zuzuschicken." Dann heißt es: „Die Veranlassung zur Bekanntmachung dieser „Morgenstunden" wollte ich mir bis auf den zweiten Theil ersparen.... Herr Jacobi ist mir zuvorgeeilt und hat unter dem Titel: „Ueber die Lehre des Spinoza, in Briefen an Moses Mendelssohn" eine Schrift herausgegeben, welche diese Veranlassung enthält.... Ueberhaupt ist diese Schrift des Herrn Jacobi ein seltenes Gemisch, eine fast monströse Geburt: der Kopf von Göthe, der Leib Spinoza und die Füße Lavater"[2].

[1] Bodemann, a. a. O. 291.
[2] Moses Mendelssohn's ges. Schriften V, 637.

Der Brief an Kant ist am 16 October 1785 geschrieben, und ist somit der Brief an Zimmermann ebenfalls von Mitte October 1785 zu datiren. Ob Mendelssohn noch einmal an Zimmermann geschrieben? Einige Monate später wurde er der Erde entrückt.

III.
Moses Mendelssohn und Wieland.

Gleich Iselin und Zimmermann fühlte sich auch Wieland schon während seines Aufenthaltes in der Schweiz zu Moses Mendelssohn hingezogen; seine Verehrung grenzte fast an Schwärmerei, obgleich Mendelssohn die „Johanna Gray" in der „Bibliothek der schönen Wissenschaften" scharf getadelt und „Clementine von Porretta", das „Ding, das Hr. Wieland ein Trauerspiel nennt", in den „Literaturbriefen" geradezu für ein verfehltes Produkt erklärt hatte [1]. Mit den besseren Schriften Wieland's beschäftigte er sich gern und viel und zollte ihnen auch bereitwillig seinen Beifall. Von „Don Sylvio von Rosalva" war er ganz entzückt; nach seinem Dafürhalten machte dieser neue Don Quixote „Wielanden mehr Ehre, als sein ganzer Wust von Heldengedichten" [2]. Noch mehr ergötzte ihn seine staats- und geschichtsphilosophische Erzählung „Der goldene Spiegel". „Was für ein außerordentlicher Mann ist Ihr Freund Wieland!" schreibt er Zimmermann den 25. Juni 1772; „seit vielen Jahren hat mich kein Buch so ergötzt, als der dritte Theil seines „goldenen Spiegels". Man sieht, der Mann darf nur wollen. Hier zeigen sich der Weltweise, der Verehrer der Gottheit, der Lehrer der Tugend und der unnachahmlichste Schriftsteller in ihrem stärksten Lichte" [3]. Zimmermann machte aus diesem schmeichelhaften Urtheile Wieland kein Hehl; wußte er doch, welche Freude er dem Freunde damit bereitete, denn nichts war ihm angenehmer,

---

[1] Moses Mendelssohn's ges. Schriften IV, 1, 484 ff, 2, 141 ff.
[2] Das. V, 348.
[3] Bei Bodemann, a. a. O. 286.

als Mendelssohn zu gefallen, als von ihm gelobt zu werden. „Es sind mir wenige Geister in Europa bekannt", heißt es in seinem Briefe an Zimmermann, „deren Beifall für mich so vielen Reiz haben könnte, als des Herrn Mendelssohn's, und wenn Etwas wäre, das mich stolz machen könnte, so wäre es gewiß, von einem Mendelssohn gelobt zu werden" [1]). Aehnlich äußerte er sich gegen Riedel bald nach dem Erscheinen des „Agathon": „Es soll mir genug sein principibus placuisse viris, und ich habe das Vergnügen, Ihnen zu sagen, daß Mendelssohn unter diesen ist" [2]).

Unter denjenigen, welche Wieland zur Mitwirkung an der im Jahre 1773 von ihm gegründeten Monatsschrift „Der deutsche Merkur" aufforderte, befand sich selbstverständlich auch Mendelssohn; um seiner Bitte noch besondern Nachdruck zu geben, richtete er an ihn ein Schreiben, das den besten Beweis für seine Freundschaft zu ihm liefert. „Mich deucht", so beginnt der Brief, „es würde mir um die Hälfte leichter ankommen, an Moses Mendelssohn zu schreiben, wenn wir einander nur eine Viertelstunde gesehen hätten. Und gleichwohl bin ich unzufrieden mit mir selbst, daß es mir schwerer werden soll, weil wir uns nie gesehen haben. Ist es denn wahr, daß wir uns nie gesehen haben? Kennt nicht einer des andern besten Theil? Ist kein Verständniß zwischen unseren Seelen? Keine Sympathie zwischen unseren Herzen? Gehören wir nicht zu Einer Klasse? Wo sollte man Freunde auf diesem Erdenrund suchen, wenn die von unserer Art es nicht wären? — Es ist etwas in mir, das alle diese Fragen beantwortet. Meine Schüchternheit ist fort. Ich besorge keinen Augenblick mehr, daß Sie, bester Moses, bei diesem Briefe nicht empfinden sollten, was ich empfand, da ich ihn schrieb. Ich grüße Sie mit dem heiligen Namen der Freundschaft; mein Herz sagt mir, daß ich die Ihrige, daß Sie die meinige verdienen. Und nun sage ich Ihnen nichts weiter über diesen Punkt. Sollten wir einander nicht schon lange so gut kennen, um ohne Dolmetscher einer in des andern Seele zu lesen? Ich sende Ihnen die Anzeige eines „Deutschen Merkurs",

---

[1]) Briefe von C. M. Wieland (Zürich 1825) II, 282, 286.
[2]) Auswahl denkwürdiger Briefe von C. M. Wieland (Wien 1815) I, 181; vergl. auch mein: Mos. Mendelssohn, 181.

ten ich unternommen habe. Dies ist ein Zeichen, daß ich eifrig wünsche, daß meine Unternehmung Ihren Beifall verdienen möge. Ich würde selbst vor ihr erschrecken, wenn ich nicht auf den Beistand, auf die Mitwirkung der besten unter meinen Zeitgenossen rechnete. Ich wage es nicht, einen Moses Mendelssohn um Beförderung meines Vorhabens, noch weniger um Uebernahme eines so mechanischen Amtes, als das Amt eines Collectors ist, zu ersuchen. Er wird jenes ungebeten thun, und vielleicht auch dieses seiner nicht unwürdig halten, wenn er mein Vorhaben billigt. Aber wenn ich Sie, mein vortrefflicher Freund, erbitten könnte, nur dann und wann (denn ich kann nicht unbescheiden sein) den „Deutschen Merkur" mit kleinen Beiträgen zu bereichern! Wenige Blätter von Ihnen werden ihm einen so viel größeren Werth geben! Thun Sie es, bester Moses, machen Sie mich so glücklich, wenn es anders ohne Ihre Beschwerde geschehen kann".

Die Theilnahme an dem „Merkur" mußte Mendelssohn seiner Kränklichkeit wegen dankend ablehnen, aber den Wieland'schen Schriften schenkte er nach wie vor lebhaftes Interesse.

IV.

Moses Mendelssohn und Gleim.

Auch der als Menschenfreund bekannte „Vater Gleim" gehörte zu den frühesten und größten Verehrern Mendelssohn's; er war ganz glücklich, den „großen Mann" während seines Aufenthaltes in Berlin im November 1770 bei sich zu sehen. So feurig aber seine Freundschaft und die des ihn begleitenden Jacobi anfangs auch war, so „kannte Mendelssohn diese Leute doch allzugut und sah bei der lichtesten Flamme den Rauch mit ziemlicher Gewißheit vorher".

Ob zwischen Mendelssohn und Gleim auch eine „freundschaftliche gelehrte" Correspondenz bestand? Die Gleim-Stiftung in Halberstadt verwahrt unter ihren Handschriften allerdings einen

„Briefwechsel des Canonicus mit Mendelssohn", derselbe beschränkt sich aber auf folgenden Brief Mendelsjohn's [1]):

„Je öfter ich den Tod Adam's lese, besto mehr werde ich in der Vermuthung bestärkt, daß ich nicht in der gehörigen Verfassung bin, dieses Stück zu empfinden oder zu beurtheilen. Mir fehlet gleichsam das ABC derjenigen Empfindungen, die der Dichter erregen will. Ich weiß nicht, was des Todes sterben hieße [2]), ich weiß nicht was der Fluch eines Bösewichtes so sehr Schreckendes habe u. s. w.

Noch weit weniger würde ich mich unterstanden haben, die Verse zu beurtheilen, die an vielen Stellen eine Meisterhand zu erkennen gegeben und durchaus von einem Dichter beurtheilt sein wollen. Da aber mein theuerster Freund es befohlen, so theile Ihnen hiemit folgende kleinen Anmerkungen mit, nicht um zu kritisiren, sondern meinen Geschmack so zu zeigen, wie er ist. Wer in seinem Leben kein Dichter gewesen, muß in der Dichtkunst einen seltsamen Geschmack haben. Das sehe ich wohl ein und werde mich künftig hüten, jemals Gedichte öffentlich zu beurtheilen.

Berlin, im März 1765.   Moses Mendelssohn".

Dem Briefe, der, wenn auch Bruchstück, jedenfalls echt ist, folgen die Anmerkungen, in welchen sich Mendelssohn's feines Sprachgefühl zeigt und welche mit den Worten schließen:

„Ueberhaupt glaube ich, nicht wenig Stellen bemerkt zu haben, wo die Verse weniger Poesie haben, weitschweifiger und weniger wohlklingend sind als die Prosa. Da diese Prosa so meisterhaft ist, so sollte sich meines unmaßgeblichen Erachtens der Dichter mehr Freiheiten erlauben, um die Schönheiten des prosaischen Stils, die sich in sein Silbenmaß nicht wollen bringen lassen, durch andere Wendungen (?) zu ersetzen...."

Gegen das Datum glaube ich Zweifel erheben zu müssen, obgleich, wie der Bibliothekar der Gleim-Stiftung, Herr Seminarlehrer Jaenicke, versichert, Jahreszahl und Datum von Gleim's eigener Hand herrührt. Klopstock's Trauerspiel „Tod Adam's",

---

[1]) Die Abschrift des Briefes verdanke ich der Freundlichkeit des Herrn Julius Meyer, Buchdruckereibesitzer in Halberstadt.

[2]) Klopstock gebraucht mit Vorliebe diesen Ausdruck I, 3, 7; II, 1.

das im Jahre 1757 und ein Jahr später in verbesserter Auflage erschien, bildete gleich nach dem ersten Erscheinen Gegenstand der Unterhaltung zwischen Lessing und Mendelsjohn. Schon in dem Schreiben vom 9. August 1757 fragt Lessing: „Haben Sie schon den „Tod Adam's" gelesen? Was sagen Sie davon?" Mendelssohn hielt mit seinem abfälligen Urtheil nicht lange zurück. „Der tragische Stil in Prosa," antwortete er Lessing, „ist neu und ungemein schön. Im übrigen finde ich nichts an dem ganzen Stücke, das Klopstock's würdig sei..... Sonst habe ich alles mit ziemlich kaltem Blute und öfters noch mit Verdruß gelesen. Ich weiß nicht, wie Klopstock solch Zeug hinschreiben kann, das weder Zusammenhang noch Handlung, weder Leidenschaften noch irgend etwas anders, außer einer kleinen Nüance von Charakteren, hat. Ich sage meine Meinung ziemlich zuversichtlich; aber ich bin gewiß, daß ein Lessing nie ein solches Gewäsch dem Drucke bestimmt haben würde, gesetzt, es wäre ihm möglich gewesen, so was zu schreiben". Im October 1757 kommen die beiden Freunde noch einmal auf das schwache Produkt des Messiasdichters zurück. Ueber Ihren Ausdruck: „Da Ihnen Klopstock's Adam so wenig gefallen" habe ich mich ziemlich gewundert, schreibt Mendelssohn. Hat er Ihnen denn gefallen? Gefallen Ihnen denn seine geistlichen Lieder? Wenn dieses ist, wie ich doch unmöglich glaube, warum haben Sie nicht meine Recension von Adam so gut cassirt wie die Devil to pay"?[1])

Die Recension von Adam blieb in der That ungedruckt. Mendelssohn, wahrscheinlich von Gleim um sein Urtheil über das Trauerspiel seines gefeierten Freundes angegangen, schickte ihm später, gewiß aber nicht im März 1765, mit dem hier veröffentlichten Briefe die kurzen Bemerkungen, welche er auch dem ihm innig befreundeten Dichter mitgetheilt hat, denn Mendelssohn's Bemerkungen fanden in der spätern Auflage von Klopstock's Adam volle Berücksichtigung. Das Urtheil Mendelssohn's war auch einem Klopstock nicht gleichgiltig.

[1]) Moses Mendelssohn's ges. Schr. V, 118, 120, 133, 186, 188.

V.

Moses Mendelssohn und August von Hennings.

Auf das intime Verhältniß, in dem Mendelssohn zu August von Hennings, dem spätern dänischen Staatsrath und Schwager der Elise Reimarus in Hamburg, nahezu dreizehn Jahre gestanden, habe ich in der Biographie Mendelssohn's mehrfach hingewiesen und im Anhange derselben die meisten der von Mendelssohn an Hennings gerichteten Briefe — zehn an Zahl — zum ersten Male veröffentlicht. Nachträglich erhielt ich durch die Güte des Herrn Professor Dr. Wattenbach, jetzt in Berlin, in dessen Besitz sich die handschriftlichen Briefe und Tagebücher Hennings' befinden, noch folgenden, die Correspondenz vervollständigenden Brief; derselbe zeigt uns den herrlichen Mann als uneigennützigen Freund, gewiegten Geschäftsmann, als Menschenkenner und Philosophen.

Der Brief lautet:

„Ich bin einige Tage unschlüssig gewesen, ob ich Ihr gar zu ehrliches Schreiben an M.[1] abgeben soll. Der beste Buchhändler, mein Theurer! ist Buchhändler, d. i. in beständigem Kriege mit dem Schriftsteller, der also seinem Widersacher nie zu viel trauen darf. Einem Buchhändler sich unbedingt in die Arme werfen, heißt dem Wolf den Schnabel gerade in den Rachen stecken. Dann fordere der Storch Honorarium!

Das Schlimmste ist, daß Sie m i r den Auftrag gegeben, die Geldsache abzureden, mir, der ich zwar auch Kaufmann bin, aber diese Art von Handel am Wenigsten verstehe und gar leicht überlistet werden kann. Ich fühle es recht sehr, was ein edel

---

[1] Maurer, Buchhändler in Berlin, der auch Mendelssohn's „Psalmen" und „Jerusalem" verlegt hat. Schon in einem frühern Briefe an Hennings sagt Mendelssohn von ihm: „Er ist noch nicht Buchhändler genug, um unbillig sein zu können. Sobald er sich auf Unkosten der Schriftsteller wird reich verlegt haben, wird er wahrscheinlicher Weise in die Denkungsart seiner Zunft einschlagen. Wenn Sie Bedingungen machen, so lassen Sie ihn über das was er an baarem Gelde bezahlen soll, Wechsel ausstellen". Mein: Moses Mendelssohn, 533.

denkender Schriftsteller empfinden muß, wenn ihn die Umstände nöthigen, die Arbeiten seines Geistes feil zu bieten, das Verhältniß als Schriftsteller mit dem Verhältniß als Verkäufer zu verwechseln. Aber eben diese feinen Empfindungen pflegen sich die feinen Buchhändler zu merken und zu ihrem Vortheil zu gebrauchen, und mit mir ist ihnen dieser Kunstgriff noch allzeit gelungen. Auch wenn ich den Handel nicht in meinem Namen schließe, fürchte ich, daß es ihm gelingen werde, denn ich empfinde für meine Freunde, was ich für mich empfinde, und liebe es, auch in ihrem Namen jeden Verdacht des Eigennutzes zu vermeiden. Mein erster Entschluß war also, den Brief zurückzuhalten und Sie um gemessene Ordre zu bitten. Littera non erubescit, dachte ich. Man kann weit besser auf sein Recht bestehen, wenn man etwas aufzuweisen hat, darauf man sich stützt.

Indessen schien mir das Hin- und Herschreiben, zumal bei jetzigem Eisgange, zu viel Zeit zu erfordern, und ich entschloß mich es zu wagen. Ich werde also heute oder morgen Ihr Schreiben abgeben und sehen, wozu sich M. entschließet. Allenfalls schließe ich bis auf Ihre Genehmigung, wenn er sich unbillig zeigen sollte.

Alles dies, mein Bester! belieben Sie in allen Fällen nicht zu unterlassen. Bedingen Sie sich die Hälfte des Honorars gleich nach dem Abdrucke des ersten Theils aus und behalten den zweiten Theil so lange zurück. M. ist ein junger Anfänger, der nicht viel Vermögen hat und viel unternimmt. Es scheint ihm oft mehr an Fond als an gutem Willen zu fehlen. Vorsicht kann also nicht schaden. Von mir aber würde es unschicklich sein, irgend ein Mißtrauen dieser Art zu erkennen zu geben.

Und hiermit genug von der Geldsache! Ich habe Ihnen noch ein paar Worte über die Laune zu sagen, mit welcher Sie immer noch auf das Thun und Lassen der Menschen zu sehen scheinen. Immer noch schmollende Philanthropie, die auf der Neige steht, in Misanthropie herabzusinken. Dieses ist mehrentheils der Antheil der Besten unter den Menschenkindern. Sie suchen sich ein Ideal von Menschen, spannen ihre Forderungen sehr hoch, und wenn sie diese Forderungen in der Welt Gottes nicht erfüllt sehen, so kehren sie sich zurück, schelten bald die Welt, bald ihre eigene Philosophie und sind in Gefahr, mit beiden in beständiger Uneinigkeit zu leben. Aber in der That, mein verehrungswürdiger Menschenfreund! geht es uns Allen so, nur so lange wir auf der Schwelle der Weisheit stehen. Ein näherer Hintritt zum Altare dieser Gottheit gibt eine weit bessere Aussicht, bringt uns in Harmonie mit uns selbst und macht uns zufrieden mit Gott, mit seiner Welt und mit uns selbst. Wenn Ihnen gleich diese Maximen jetzt trivial und abgedroschen scheinen, so bin ich doch versichert, sie werden Ihnen in einigen Jahren wahr scheinen, sobald Ihr guter Genius Sie durch Ihre eigene Empfindung darauf führen wird. So natürlich ist dem bessern Theil der Menschen dieser Kreislauf der Gesinnungen, sie kommen alle wieder auf den Punkt zurück, von welchem sie ausgegangen sind: Menschenliebe. In welchem Punkte dieses Kreises Sie aber auch itzt stehen, so lieben Sie doch unstreitig

Ihren
Moses Mendelssohn."

Berlin, den 15. März 1784.

Der Brief trägt die Adresse:

fr.   An Herrn Staatsrath Hennings

Hamburg.   in Koppenhagen.

Auch befindet sich an demselben das Siegel Moses Mendelssohn's: ein verschlungenes MM. mit den beiden darüber stehenden hebräischen Buchstaben במ״ד b. h. משה דעסויא (Moses Dessau), wie Mendelssohn bekanntlich in jüdischen Kreisen genannt wurde.

VI.

Moses Mendelssohn und Jakob Emden.

Nicht allein mit Dichtern und Philosophen sondern auch mit mehreren Rabbinern und gelehrten Talmudisten stand Moses Mendelssohn in brieflichem Verkehr. Mit den beiden bedeutendsten

Rabbinern ihrer Zeit, mit Jonathan Eibenschütz und Jakob Emden, die, verschieden an Charakter und Bildung, sich jahrelang heftig befehdeten, unterhielt er freundliche Beziehungen.

Die persönliche Bekanntschaft des Jonathan Eibenschütz, der Hamburger Oberrabbiner war und des Sabbatianismus vielfach verdächtigt wurde, machte er im Frühjahr 1761, als er sich zur Verlobung [1]) mit Fromet Gugenheim in der Elbstadt aufhielt. Eibenschütz, den profanen Wissenschaften nicht fremd und der Philosophie sehr geneigt, wußte Mendelssohn nach seinem wahren Werthe zu schätzen und dies umsomehr als er aus seiner Unterredung mit dem Freunde Lessing's zu seiner freudigen Ueberraschung die Ueberzeugung gewann, daß „Moses Dessau" auch auf talmudischem Gebiete wohlbewandert sei. Um ihm ein Zeichen der Anerkennung zu zollen, beehrte ihn der greise Rabbiner allerdings nicht mit dem Morenutitel, der nach damaliger Sitte Unverheiratheten nicht ertheilt wurde, wohl aber mit einem sehr schmeichelhaften Zeugniß [2]).

Jakob Hirschel oder Emden, wie er nach dem Rabbinate, das er einige Jahre bekleidete, genannt wurde, lebte ohne Amt und in Wohlstand in Altona. Er war ein Mann von umfassender Gelehrsamkeit, war aber durch Schicksalsschläge verbittert und unverträglich; er eiferte ebenso gegen die Ausschreitungen der Kabbala wie gegen die Beschäftigung mit profanen Wissenschaften: Französisch war ihm ein Greuel und am Sabbat eine Zeitung zu lesen, hielt er für Sünde. Nichtsdestoweniger unterhielt er mit Mendelssohn mehrere Jahre einen Briefwechsel, der, was sich wohl von selbst versteht, in hebräischer oder auch in rabbinischer Sprache geführt wurde.

Es scheint, daß Mendelssohn bei Lebzeiten Eibenschütz' es absichtlich vermieden hat, zu Emden, dem Todfeinde desselben, in Beziehungen zu treten; erst einige Jahre nach dem Tode des Hamburger Oberrabbiners knüpfte er mit ihm an.

---

[1]) Noch bei Geiger (Nachgelassene Schriften, Berlin 1875), II, 216 heißt es irrthümlich: „M. erhält ein sehr gutes Zeugniß von E. aus dem Jahre 1761, als er seine Frau abholte"; M. heirathete bekanntlich erst im Juni 1762. Wenn Geiger aber hinzufügt: „E. will einem Unverheiratheten doch nicht den Morenutitel geben", so ist das ein crasser Widerspruch.

[2]) Kerem Chemed III, 224; vergl. mein: Moses Mendelssohn, 145·

Der erste Brief, welchen Mendelssohn an Emden, den er für einen der gelehrtesten Rabbinen seiner Zeit hielt¹), richtete, ist vom 27. Tischri 5527 d. i. 30. September 1766 datirt. Es ist zu bedauern, daß dieser Brief nur bruchstückweise auf uns gekommen ist und daß gerade der Theil fehlt, in dem er sich, allerdings nach der Versicherung eines nicht unparteiischen Schülers Emden's, über oder vielmehr gegen die Sabbatianer soll ausgelassen haben; so weit der Brief vorliegt²), enthält er außer der Anzeige über den richtigen Empfang der ihm von Emden geschickten Bücher nur noch Complimente, die er dem als eitel bekannten Manne macht. „Gelobt sei der Ewige, der es uns an einem Erlöser nicht hat fehlen und uns Sie, hochverehrter Herr und Meister, hat erstehen lassen, für unsere heilige Glaubenssache einzutreten. Denn wer anders als Sie waren es, der in unserem verwaisten Zeitalter einen Zaun aufführte und in den Riß trat, der kein Ansehen der Person achtete und keine Bestechung von denen annahm, welche den göttlichen Namen entweihen und sein Wort geringschätzen." In seiner überaus großen Bescheidenheit überhäufte ihn Mendelssohn mit Lobeserhebungen aller Art; er nannte ihn „Lehrer und Meister", den „erleuchteten, berühmten, großen und frommen Rabbiner", den „Lehrer und Fürsten des Volkes", den „Vertreter der Nation" u. s. w.

Emden, der beständig schriftstellerte und auch seine Manuscripte sofort in die von ihm in seinem Hause errichtete Druckerei gab, schickte Anfang October 1769 wieder mehrere seiner Schriften an Mendelssohn, der nicht säumte, ihm zu antworten. Freitag, den 26. October 1769, unmittelbar nach Schluß der Festtage, richtete er an ihn folgendes Schreiben:

„Hochwürdiger Herr und Lehrer!

Am jüngsten Feste erhielt ich Ihr sehr geschätztes Schreiben, dasselbe hat mich hoch erfreut. Auch die gesandten unschätzbaren Werke sind richtig angekommen, und habe ich den betreff derselben mir ertheilten Auftrag pünktlich und gewissenhaft ausgeführt. Das

---

¹) Mos. Mendelssohn's ges. Schr. III, 43.
²) Der Brief findet sich in Emden's S. Hissawkos 161, abgedruckt: Ha-Magid, 1877, S. 66.

eine Exemplar Ihres Werkes „Lechem Schomajim"¹) übergab ich dem Vorsteher des hiesigen allgemeinen Lehrhauses und das andere werde ich auf sicherm Wege an den mir bezeichneten Herrn demnächst gelangen lassen.

Während des Festes habe ich mich täglich mit Ihrem genannten Werke beschäftigt und bot mir das Studium desselben süße Erhohlung. Mache ich auch auf Gelehrsamkeit keinen Anspruch, so liebe ich doch Wahrheit und Treue über Alles. Die gewöhnliche Disputirkunst, wie sie vielen Rabbinen eigen ist, die sich sehr gelehrt dünken, widert mich an, seitdem ich zur richtigen Erkenntniß gelangt bin, und ich habe mich auch nicht entschließen können, diesen Weg des Talmudstudiums wieder aufzunehmen ²).

Gestatten Sie mir gütigst, auf eine Stelle in Ihrem erwähnten Werke, die mir unerklärlich ist, näher einzugehen; ich möchte aber in Ihren Augen, Gott behüte! nicht als Irrender erscheinen oder gar als ein Solcher, der es wagt, Ihnen zu widersprechen; ich bitte vielmehr wie ein Schüler um Ihre freundliche Aufklärung und Belehrung . . . . ³).

Wollen Sie mir eine Gefälligkeit erweisen, so ertheilen Sie einem Ihrer Schüler gefälligst den Auftrag, mir über diese Stelle Aufschluß zu geben.

Der Allgütige verlängere Ihre Jahre nach dem Wunsche
    Ihres nach Belehrung dürstenden Schülers
        Moses Dessau"⁴).

Emden ließ seiner Gewohnheit gemäß auf die Antwort nicht lange warten. Schon am 1. November schrieb er Mendelssohn ziemlich kühl, und indem er ihm bedeutete, daß der von ihm gemachte Einwurf ihm auch von anderer Seite gemacht sei und

---

¹) Lechem Schomajim, ein Commentar zur Mischna, bestehend aus zwei Theilen; der 1. Theil erschien Wandsbeck 1733, der 2. Altona 1769.

²) Ueber diese Disputirkunst (Bilpul) spricht sich Mendelssohn auch in einem Briefe an Herz Homberg aus; ges. Schr. V, 673.

³) Die Stelle, welche sich auf die Mischna Beza II, 3 bezieht, lassen wir hier weg.

⁴) Dieses Schreiben findet sich in Emden's Gutachtensammlung Sch'ilat Jaabez (Altona 1770) II Nr. 155.

daß er die betreffende Stelle in seinem Werke doch wohl nicht ganz erfaßt habe, bittet er ihn mit weiteren Bemerkungen zu seinen Arbeiten nicht zurückzuhalten [1]).

Das trauliche Verhältniß zwischen Mendelssohn und Emden wurde aber bald gelockert.

Der Herzog Friedrich von Mecklenburg-Schwerin hatte nämlich unterm 30. April 1772 eine Verordnung erlassen, welche den Juden verbietet, die Todten nach alter Sitte zu frühzeitig zu beerdigen. Die Vertreter der jüdischen Gemeinde in Schwerin, welche in dieser Verordnung einen Eingriff in die Religion erblickten, wandten sich an Mendelssohn, von dem sie wußten, „daß er vor Fürsten treten und mit ihnen reden könne", mit der Bitte, „dieses Unglück von ihnen abzuwenden". Mendelssohn erklärte sich für seine Person in Uebereinstimmung mit dem herzoglichen Erlasse und setzte seinen Glaubensgenossen auseinander, daß sie demselben ohne die geringste Gesetzesübertretung Folge leisten könnten; dennoch schickte er ihnen, um sich ihnen gefällig zu zeigen, den Entwurf eines Gesuches an den Herzog um Milderung des Befehles [2]).

Wie an Mendelssohn hatte sich die Schweriner Gemeinde auch an Emden gewandt und von ihm eine Denkschrift erhalten, in der er sich unbedingt für die bisherige frühe Beerdigung aussprach. Auch er schrieb an Mendelssohn und forderte ihn auf, sich in diesem Sinne der Schweriner anzunehmen. Darauf schrieb er Emden den 29. Siwan, d. i. 30. Juni 1772 folgenden Brief [3]):

„Ihre angenehme Zuschrift habe ich erhalten. Ich wundere mich sehr über die Vertreter der Schweriner Gemeinde und über deren Handlungsweise. Was konnte sie veranlassen, Ihren Anordnungen, hochwürdiger Herr, nicht Folge zu leisten? Sie haben mir weder die Denkschrift eingeschickt, welche Sie zu ihren Gunsten abgefaßt, noch haben sie mir überhaupt mitgetheilt, daß sie sich in dieser Angelegenheit an Sie gewendet. Vor ungefähr einem Monat schrieben

---

[1]) Taf. II, Nr. 166.
[2]) Der Brief Mendelssohn's an die Schweriner Gemeinde abgedruckt: Sammler (Meassef) 1785, 170 ff., deutsch: Sulamith IV, 2, 155 ff; mein Mos. Mendelssohn 557 ff.
[3]) Sammler 1785, 173 ff.

sie mir voller Bestürzung und fragten mich um Rath, welche Schritte zur Rücknahme des herzoglichen Erlasses einzuschlagen seien. In meiner Unschuld schickte ich ihnen ein Schema zu einem Bittgesuche, das sie ihrem Landesherrn zu überreichen hätten. Bis auf den heutigen Tag bin ich ohne Nachricht von ihnen, auch habe ich nicht erfahren, ob ihre diesfälligen Bemühungen Erfolg hatten. Wohl möchte ich wissen, was diesen superklugen Leuten eingefallen und wie es ihnen ergangen ist.

In der That verlange ich sehnlichst nach der Antwort, welche Sie, hochwürdiger Herr, der Schweriner Gemeinde ertheilt und wie Sie durch unwiderlegliche Gründe den Brauch der frühen Beerdigung gerechtfertigt haben. Ich in meiner Unwissenheit sehe nicht ein, warum wir von dem Brauche unserer Altvordern abweichen sollten. Sie setzten nämlich ihre Verstorbenen in unterirdischen Höhlen und Gewölben bei, ließen sie da drei Tage bewachen, um zu sehen, ob sie etwa wieder zum Bewußtsein kommen. So heißt es ausdrücklich im Tractat Semachot und an anderen Stellen des Talmud. Es ist also bewiesen, daß es ein bewährtes Kennzeichen eines wirklich erfolgten Todes nicht gibt und daß man sich erst nach drei Tagen Gewißheit darüber verschaffen kann. Alle Heilkundigen bezeugen, daß Puls- und Herzschlag sowie Athemholen zuweilen gänzlich aufhören, ohne daß der Tod wirklich eingetreten und daß Ohnmacht vom Tode nicht früher zu unterscheiden ist, bis der Körper in Verwesung übergeht.

Gestatten ferner unsere Weisen das Uebernachten des Todten, wenn Zeit und Umstände es erfordern, um Sarg und Kleider oder nahe Verwandte, welche die Bahre begleiten sollen, holen zu lassen, um wievielmehr gestatten sie es, wenn der geringste Zweifel vorhanden ist, daß er wieder aufleben könne? Warum sollen wir also von dem Brauche unserer Weisen abweichen? Und wer verbietet es uns, auf dem Begräbnißplatze ein Gewölbe zu bauen, wo die Abgeschiedenen nach hergebrachter Sitte drei Tage lang können bewacht werden? Alle Zweifel, welche mir in dieser Frage aufstießen, habe ich Ihnen, hochwürdiger Herr, somit dargelegt, und hoffe ich Ihnen damit nicht lästig zu fallen. Belehrung nehme ich stets gerne an.

Was Ihr Vorhaben betrifft, die Bibel mit werthvollen Commentaren drucken zu lassen[1]), so zweifle ich nicht, daß wenn einige Bogen oder vielmehr ein Theil davon als Probe gedruckt vorliegt und die Gelehrten sich von dem Nutzen des Werkes überzeugen können, sie sich beeilen werden, den Theil zu kaufen und auch auf die übrigen Theile zu subscribiren.

Moses Dessau".

Dieses Schreiben erwiederte Emden nach seiner Weise sehr ausführlich. Indem er mit einem Aufwand von Gelehrsamkeit die Wichtigkeit des Brauches der sofortigen Beerdigung und dessen gesetzlichen Boden nachzuweisen sich abmühte[2]), ermahnte er Mendelssohn wie einen Schüler, sich ja nicht vom geraden Wege zu entfernen und von seinem Irrthume abzugehen. In einem zweiten Briefe konnte er seinen Eifer gegen den auf seine Ansicht beharrenden Mendelssohn schon nicht mehr zügeln; er warf dem bescheidenen Manne Stolz und Hochmuth vor und rieth ihm zu seinem eigenen Besten, jeden Verdacht der Ungläubigkeit von sich fernzuhalten, da es ihm ohnehin schon verargt werde, „daß er einen bösen Hund in seinem Hause großziehe", d. h., daß er sich eifrig mit Philosophie beschäftige und mit Männern von laxer Religiosität Umgang pflege.

Dieses nicht wenig verletzende Schreiben ließ Mendelssohn in seiner Friedensliebe unbeantwortet. Ob Emden die Hand zur Versöhnung geboten? Am 26. October 1773 richtete Mendels-

---

[1]) Emden hatte die Absicht die Bibel nebst den vorzüglichsten Commentaren kritisch zu bearbeiten und mit wissenschaftlichen, grammatischen, kabbalistischen und anderen Erklärungen zu ediren. Die veröffentlichte Ankündigung dieses großartigen Unternehmens (s. H. A. Wagenaar, Jakob Hirschel's [Emden's] Leben und Schriften [Amsterdam 1868] S. XIX) hatte er auch Mendelssohn zugeschickt.

[2]) Dasselbe that noch ein halbes Jahrhundert später der Rabbiner Moses Sopher (RGA. Chatam Sopher, Jore Dea 338). Dieser Eiferer ist so herablassend, die von dem „gelehrten Moses Dessau" beigebrachten Motive und Gründe anzuführen; daß er dann den Ausdruck gebraucht: „Emden schlug ihn aufs Haupt", wird den nicht Wunder nehmen, der da weiß, daß Sopher seinen Söhnen und Töchtern den Befehl als väterliches Vermächtniß hinterlassen, die Schriften des „Moses Dessau" nicht zu berühren. (Testament Sopher's [Wien 1863] S. 2.)

sohn wieder an ihn einen Brief¹), dessen Anfang sich nur auf die eigenen Schriften des Altonaers Schriftstellers und Druckereibesitzers bezog. „Da die Kaufleute, welche die Messe in Frankfurt a. O. besuchen, in einigen Tagen hier durchkommen, so habe ich unlängst mit Ihrem bewußten Freunde betreff der von ihm gewünschten hebräischen Bücher Rücksprache genommen. Er verlangt sehr nach der Schrift „Migdol Os"²), falls Sie noch ein Exemplar vorräthig haben; sonst schicken Sie gefälligst „Schaare Schomajim"³) und „Sch'ilat Jaabez"⁴). Haben Sie die Gewogenheit die Bücher an Herrn Joseph Schmalkalden zu senden, derselbe wird die Aufträge bestens besorgen".

Wie groß die Kluft zwischen dem Philosophen Mendelssohn und dem starren Talmudisten Emden war, zeigt sich recht deutlich in der Correspondenz, die sich um eine Stelle in Maimonides Werk „Mischne Thora"⁵) dreht.

Die von Maimonides aufgestellte dogmatische Ansicht, daß nämlich nur diejenigen Nichtjuden als tugendhafte Männer betrachtet und der ewigen Seligkeit theilhaftig würden, welche die sieben noachidischen Gebote hielten, weil sie im Gesetz geboten und von Moses geoffenbart seien, daß sie aber weder unter die Frommen noch unter die Weisen⁶) gehören, wenn sie sie als die Resultate ihres Denkens auffassen und blos als Gesetze der Natur üben, diese schon von Spinoza angegriffene Ansicht wird auch von Mendelssohn bekämpft. Ihm

---

¹) Dieser Brief und die Antwort Emden's wurden zum ersten Male veröffentlicht in Jacob Hirschel's (Emden's) Leben und Schriften von H. A. Wagenaar S. VI—XI.

²) Der 3. Theil seines Werkes über das Rituale. Altona 1748.

³) Ein Commentar zum Gebetbuch, bestehend aus 2 Theilen, Altona 1744—47.

⁴) Die bereits erwähnte Gutachtensammlung Emden's.

⁵) Maimonides, von den Königen, Cap. 8, §. 10.

⁶) In einer andern Lesart ist diese Ansicht gemildert, anstatt des ולא „und nicht unter die Weisen", heißt es אלא „sondern unter die Weisen", und diese Version, welche wie mir Herr Rabbiner S. L. Brill in Budapest mittheilt, schon R. Moses Alaschkar (Rechtsgutachten [Sabionetta 1553] S. 18a, 192b) und R. Joseph b. Schem-Tob (Kwod Elohim [Ferrara 1555] vorletzte Seite) haben und welche auf Megilla 16a: כל האומר דבר חכמה אפילו באומות העולם נקיא חכם basirt, ist auch die richtige.

ist es allerdings nicht entgangen, daß auch Maimonides in anderen Schriften, namentlich in einem Briefe an Hasbai Halewi sich zu einem freien, allgemein menschlichen Standpunkt erhebt, indem er den Menschen blos nach dem Wohlwollen seiner Gesinnung und der Sittlichkeit seines Thuns beurtheilt wissen will. Diesen Standpunkt nimmt Mendelssohn bereits in seinem Sendschreiben an Lavater ein. „Die ihren Lebenswandel nach den Gesetzen dieser Religion der Natur und der Vernunft einrichten, werden „tugendhafte Männer von anderen Nationen" genennet, und diese sind Kinder der ewigen Seligkeit", heißt es in diesem Sendschreiben [3]), wo er auch zugleich die Ansicht des Maimonides berichtigt, indem er hinzufügt: „Maimonides thut die Einschränkung hinzu, wenn sie diese nicht blos als Gesetze der Natur, sondern als von Gott außerordentlich geoffenbarte Gesetze beobachten; allein dieser Zusatz hat keine Autorität im Talmud [4])! In einem Schreiben an Rabbi Hasbai Halewi bedient sich dieser Lehrer folgender Ausdrücke: Was die übrigen Völker betrifft, wisse, mein Lieber! daß Gott nur auf das Herz der Menschen siehet, und die Handlungen der Menschen nur nach dem Gewissen richtet; daher lehren unsere Weisen, daß die Tugendhaften von andern Nationen der ewigen Seligkeit theilhaft werden, insoweit sie sich der Erkenntniß Gottes und der Ausübung der Tugend befleißigen. Rabbi Jacob Hirschel, einer der gelehrtesten Rabbinen unserer Zeit, handelt hiervon ausführlich in verschiedenen von seinen Schriften."

Dem gelehrten Emden theilte er nun diese seine Bedenken als Talmudist mit. Nach seinem Dafürhalten steht die Ansicht des Maimonides in Zusammenhang mit der in seinen philosophischen Schriften ausgesprochenen Behauptung, daß das Gute und Böse, das Sittliche und Anständige nur etwas Ueberkommenes, Ueberliefertes, nicht aber in der Vernunft Begründetes sei; wie aber allgemeine Wahrheiten, so habe auch allgemein sittlich Verbindliches die Wurzel in der menschlichen Vernunft.

---

[3]) Schreiben an Lavater S. 15, Mos. Mendelssohn's ges. Schriften III, 43.

[4]) Daß dieser Zusatz keine Autorität im Talmud habe, behauptet schon Josef Karo (Kessef Mischna z. St.), auf den sich Mendelssohn in seinem Briefe an Emden auch beruft.

Dem Wunsche Mendelssohn's die Ansicht des Maimonides aus dem Talmud zu rechtfertigen, kommt Emden sehr ausführlich und weitschweifig, aber in höchst gezwungener Weise nach ¹).

VII.
Moses Mendelssohn und H. Ullmann.

„Ich habe auch von Herrn Ullmann ein Schreiben erhalten", heißt es in einem Briefe Mendelssohn's an Simon Sommerhausen im Haag vom 14. Juni 1774, „nebst einem Aufsatz. Wollen Sie so gütig sein, mich bei ihm zu entschuldigen, daß ich bis heute nicht geantwortet habe" ²).

Man war lange Zeit darüber in Zweifel, wer dieser Herr Ullmann gewesen und in welcher Angelegenheit er sich an Mendelssohn gewendet haben mag; erst ein jüngst aufgefundener Brief, die Antwort, welche so lange auf sich warten ließ, gibt näheren Aufschluß sowohl über die Person als über den Aufsatz, von dem in dem obigen Briefe die Rede ist.

Herz Ullmann, ein geborener Mainzer, der sich im Haag häuslich niedergelassen hatte, war ein philosophisch gebildeter und schriftstellerisch thätiger Mann. Er bearbeitete das ganze Gebiet der Philosophie nach Wolff'scher Eintheilung und zwar in hebräischer Sprache: er schrieb über Logik und Metaphysik, über Psychologie und Kosmogonie. Von allen diesen Schriften ist blos seine Metaphysik gedruckt, die übrigen modern als Handschriften im Staube der Bibliotheken ³).

Eine Abhandlung über das Dasein Gottes schickte Ullmann im Jahre 1774 an Mendelssohn, der sich erbötig gemacht hatte,

---

¹) Wagenaar, a. a. O. VIII ff.; das Antwortschreiben Emden's ist defect. M. s. auch Geiger's Jüdische Zeitschrift VII, 221f.
²) Moses Mendelssohn's ges. Schriften V, 528.
³) Ullmann's Metaphysik (ס'דחכמת השרש) erschien: Haag 1781; die übrigen Schriften befanden sich handschr. in der Michael'schen Bibliothek, s. Katalog der Michael'schen Bibliothek (Hamburg 1848), Hdschr. Nr. 297—299, 800, 802, 891, 419, und sind jetzt in der Bodleiana, s. Steinschneider, Cat. Bodl. 5236.

sie in Berlin zum Druck zu befördern; er gab sich der Hoffnung hin, die Druckkosten, welche der in dürftigen Verhältnissen lebende Verfasser nicht bestreiten konnte, durch eine Sammlung bei seinen reichen Glaubensgenossen in Berlin mit Leichtigkeit aufbringen zu können. Wie hatte er sich aber getäuscht! Er stieß auf so große Schwierigkeiten, daß er seinen Plan aufgeben und die sonst vortreffliche Arbeit dem Autor alsbald zurückschicken mußte.

Das Nähere ergibt sich aus dem hebräisch geschriebenen Briefe Mendelssohn's [1]), den wir in deutscher Uebersetzung hier folgen lassen:

"Lieber Freund!

Ihre schätzbare Schrift mußte ich Ihnen aus dem Ihnen bereits bekannten Grunde zurückschicken und bedauere ich herzlich, mein in einem früheren Briefe Ihnen gegebenes Versprechen, dieselbe hier drucken zu lassen, nicht halten zu können. Fast fürchte ich, in Ihren Augen als Lügner zu erscheinen. Es ist sonst nicht meine Art zu versprechen und nicht Wort zu halten; mich trifft aber auch diesesmal keine Schuld. Anfangs beabsichtigte ich bei hiesigen Bekannten die Druckkosten aufzubringen und stellte mir die Sache sehr leicht vor, fand aber bald, daß das Geschäft sehr schwierig ist. Doch hoffe ich, später mein Versprechen erfüllen zu können; vor der Hand ist es mir rein unmöglich.

Inzwischen müssen Sie, mein lieber Herr Herz, sich schon selbst bemühen, Ihre ausgezeichnete Schrift möglichst zu verbessern; ich kann es mir nicht beikommen lassen, etwas hinzuzufügen oder darin zu streichen. Themata von solch subtiler Natur gestatten auch nicht die geringste Veränderung von fremder Hand ohne Zustimmung des Autors.

Uebrigens ist die Arbeit selbst von so hoher Wichtigkeit, daß Sie keine Mühe scheuen dürfen, die Darstellung möglichst klar und gemeinverständlich zu machen, damit auch der mit Recht erwartete Erfolg sicher erreicht werde.

Sollten sich mit der Zeit Wahrheitsfreunde finden, die auf meine Empfehlung etwas geben, so stehe ich nicht an zu versichern,

---

[1]) Nach dem Originale veröffentlicht von A. N(eubauer) in Israel. Letterbode, II. Jahrgang (Amsterdam 1876—77), 174.

daß Ihr trefflicher Aufsatz, voll Weisheit und Gotteserkenntniß, auf Wahrheit basirt und daß die darin befolgte Methode sehr anziehend und streng logisch ist. Die Abhandlung empfiehlt sich zu eingehendem Studium und verdient gedruckt, auch in alle Sprachen übersetzt zu werden, damit der darin niedergelegte tiefe Inhalt erfaßt und in weitesten Kreisen bekannt werde.

Der Grund, daß die Abhandlung nicht sofort dem Drucke übergeben wurde, ist lediglich der, daß es mir, wie bereits erwähnt, gegenwärtig unmöglich ist, die nöthigen Druckkosten aufzubringen. Dieses Geschick theilen leider Alle, welche darauf angewiesen sind, auf Kosten Anderer solche Arbeiten zu veröffentlichen, die ihres tiefen philosophischen Inhalts wegen nur von wenigen Freunden der Speculation gelesen werden können. Das darf aber die Wahrheitsfreunde nicht abhalten, das Werk bei Ihnen zu studiren; sie sollten damit nicht warten, bis es gedruckt vorliegt.

Ich verharre in meiner Bereitwilligkeit auf Ihre Schrift von Freunden der Wahrheit Subscriptionen entgegenzunehmen, und sobald ich die Anzahl der Subscribenten für hinreichend finde, können Sie versichert sein, daß ich mein gegebenes Versprechen erfüllen und zur Drucklegung der Schrift hierorts schreiten werde.

Ihr stets dienstfertiger

Moses Dessau".

Die Abhandlung wurde aus Mangel an Subscribenten nie gedruckt. Der Brief Mendelssohn's war dem Verfasser ein theures Andenken und wird zusammen mit der handschriftlichen Arbeit noch heute verwahrt.

VIII.

Moses Mendelssohn und Naphtali Levin-Rosenthal.

Daß Mendelssohn nicht nur in Deutschland, sondern auch in Oesterreich, Frankreich, Holland, Italien und der Schweiz sowohl unter Juden als Christen Freunde und Correspondenten hatte, ist hinlänglich bekannt; weniger bekannt aber ist, daß sich seine Correspondenz bis nach Ungarn erstreckte.

In Ungarn, und zwar in dem Städtchen Moor, im Weißenburger Comitat, lebte ein Jugendfreund Mendelssohn's, der gleich ihm zu den Schülern David Fränkel's zählte; es war dies Naphtali Levin oder Rosenthal, wie er sich später nannte.

Naphtali Moor, wie er nach seinem Geburtsorte genannt wurde, war kein Gelehrter von Fach; er besaß allerdings ein reiches talmudisches Wissen und eine für jene Zeit ungewöhnliche Bildung; er stand an der Pforte einer neuen Aera und gehörte mit zu denen, welche eine günstigere sociale Stellung ihrer Glaubensgenossen mit Eifer und Hingebung anstrebten.

Im Jahre 1776 wandte sich Naphtali an Mendelssohn, seinen ehemaligen Jugendfreund, mit der Bitte um Auskunft über eine in Berlin wohnhafte Familie, zu der er in nähere Beziehung zu treten beabsichtigte. Die Antwort Mendelssohn's ist ebensowohl wegen des vertraulichen Tones als wegen der Mittheilungen über seine persönlichen und Familienverhältnisse sehr beachtenswerth; sie ist jüdisch-deutsch geschrieben, mit hebräischen Flosleln untermischt und lautet [1]):

Berlin, den 15. Ab 5536 (2. August 1776).

„Verzeihen Sie, mein Freund, daß ich Ihnen auf Ihr angenehmes Schreiben vom 24. v. M. in deutscher Sprache antworte. Ich befinde mich seit einiger Zeit nicht am besten disponirt und wird es mir herzlich sauer, meine Gedanken zu sammeln und niederzuschreiben. Was mir sonst ein wahres Vergnügen gewesen, mit guten Freunden Briefe zu wechseln, ist mir jetzt eine ermüdende Arbeit. Ihr Schreiben durch den Rabbiner von Rechnitz [2]) ist mir

---

[1]) Der Brief nach dem Originale zuerst veröffentlicht von Leopold Löw in Ben Chananja. Wochenblatt für jüdische Theologie, VI, 419 f.

[2]) Es war dies R. Elasar Kalir (Kaler); er wurde, da er seinen Vater noch vor der Geburt verloren, von seinem mütterlichen Großvater, dem berühmten Rabbiner Meïr Eisenstadt (st. 1744) erzogen. Kalir, ein gelehrter Talmudist, war erst Rabbiner in Polen, dann einige Jahre Privatrabbiner im Hause des reichen Moses Lewin in Berlin, später kam er als Rabbiner nach Rechnitz in Ungarn und 1782 nach Kollin in Böhmen, wo er den 22. October 1801 starb. Er verfaßte mehrere homiletische und pilpulistische Schriften, sowie eine Rechtsgutachtensammlung.

richtig zu Händen gekommen. Der genannte Rabbiner hat aber hierher kommen wollen, und ich habe ihn von Zeit zu Zeit erwartet; endlich ist er über das Mecklenburgische nach Hamburg und von dort soll er nach Hause gereist sein. R. Abraham Schlesinger hier ist eigentlich nicht aus Hamburg, sondern aus Frankfurt an der Oder, der Sohn des R. Moses R. Isserl's daselbst; er hat aber einen Bruder in Hamburg, Namens R. Jakob Schlesinger, und einen in Frankfurt, Namens R. Pinchas Schlesinger. Genannter R. Abraham hier ist ein geachteter Mann, nicht sonderlich reich, aber doch wohlhabend, ein ehrlicher Mann, der auf jede Weise den geraden Weg geht. Seine Kinder sind überhaupt gut gezogen; ich kenne aber die Söhne nicht genau. So viel weiß ich, daß sie mit dem Handel ihres Vaters beschäftigt sind, nämlich mit Nesseltüchern und andern weißen Waaren, und die neumodischen Windbeuteleien [1]) nicht mitmachen, was hier sehr viel sagen will. Wie mir scheint, hat der älteste einen Leibesfehler, er ist nämlich etwas harthörig, was ich aber nicht mit Gewißheit sagen kann; der zweite ist sicherlich ohne Leibesfehler.

Um Ihnen, mein brüderlicher Freund, auch von meinen Verhältnissen einen Begriff zu machen, melde ich in Kürze, daß ich noch immer bei der Witwe des R. Bermann Zilz[2]), gesegneten Andenkens, in Condition bin. Ich habe eine Frau, welche aus guter Familie stammt und gottesfürchtig ist, drei Töchter, deren älteste[3]) elf Jahre, und einen Knaben[4]), Gott erhalte ihn mir! der sechs Jahre alt ist. Ich habe Gottlob! keinen Mangel und ernähre mich durch Gottes Gnade in Ehren. Und wäre nicht der Umstand, daß ich seit einigen Jahren mich selbst sehr schwach befinde, wäre ich einer der glücklichsten Menschen auf Erden. So aber muß ich aus Schwachheit meiner Kraft und Erschlaffung

---

[1]) Mendelssohn bedient sich des Ausdrucks „Ruchoth-Possen", was ich für gleichbedeutend mit Windbeuteleien halte.

[2]) Bermann Zilz, wurde der Seidenfabrikant Bernhard in jüdischen Kreisen genannt.

[3]) Seine älteste Tochter, Reikel oder Recha, wurde 1765 geboren.

[4]) Joseph Mendelssohn, der, 1770 geboren, den 24. November 1848 im Alter von 78 Jahren starb.

meines Geistes meine Zeit hinschlendern, ohne Beschäftigung des
Geistes und Speculation, ohne Thora und Wissenschaft, und immer
auf meine Gesundheit aufpassen.

Und ich bete zu dem lebendigen Gotte, daß er diesen Tod
von mir abwende und mich mit Kraft ausrüste, ihm zu dienen
und ihn zu fürchten und daß er mich auf meine Höhen stelle, wie
in früherer Zeit. Amen, also sei sein Wille. Ich bin Tag und
Nacht bereit, Ihre Aufträge zu vollziehen und zu thun was Ihnen
gut dünkt Das sind die Worte

Ihres treuen Freundes

Moses Dessau.

Nachdem ich dies geschrieben, vernehme ich, daß der zweite
Sohn des genannten R. Abraham in Hamburg vor einigen Jahren
gestorben ist, was mir nicht bekannt gewesen. Er war mit guten
Eigenschaften und ehrenhaften Sitten geschmückt".

IX.

Moses Mendelssohn und Avigdor Levi.

Ein mehrjähriger Freund und schwärmerischer Verehrer Mendelssohn's, der auch die Mendelssohn-Literatur durch eine kleine
Sammlung von Briefen bereichert hat, ist Avigdor Levi. Mehr
noch als die zwischen Beiden geführte Correspondenz, die übrigens
auch nur unvollständig in Mendelssohn's gesammelten Schriften
Aufnahme fand, ist Avigdor Levi bis in neuester Zeit theils unbekannt geblieben, theils verkannt und falsch beurtheilt.

Avigdor war der Sohn frommer Eltern, sein Vater hieß
Simcha, seine Mutter Bräunche[1]), und wurde in den vierziger
Jahren des vorigen Jahrhunderts in Groß-Glogau geboren. Der
Unterricht, welchen er in der Jugend genoß, beschränkte sich nach
damaliger Sitte auf Bibel und Talmud; nebenbei hatte er sich
gründliche Kenntniß der hebräischen Sprache angeeignet.

---

[1]) Chotam Tochnit, 20b

Im Jahre 1762 begab er sich nach Berlin, wo es ihm, wahrscheinlich auf Verwenden des dortigen Gemeindebeglaubigten Isaak Jaffe, seines Verwandten, alsbald gelang, bei einem reichen jüdischen Fabrikanten eine Stelle als Hauslehrer zu finden. Er machte sich nun auch die deutsche Sprache zu eigen und lag mit Eifer und Fleiß dem Studium der jüdischen Religionsphilosophie ob. Dem Verfasser des „Phädon" blieb er sonderbarerweise fremd; war es Schüchternheit, oder hielt ihn sein Stottern ab — wie Mendelssohn stotterte auch er [1]) — genug, während der sechs Jahre, die er in Berlin verlebte, hatte er, seiner eigenen Versicherung nach [2]), Mendelssohn nur zwei- bis dreimal gesprochen.

Avigdor wanderte im Jahre 1768 nach Prag und ernährte sich dort nicht von Geldwechseln, wie Friedländer meinte [3]), sondern von Privatlectionen, die er in den Häusern der wohlhabenden Juden ertheilte. Mit den dortigen jüdischen Gelehrten, besonders mit dem seiner Zeit berühmten Arzte Jonas Jeitteles, der in demselben Jahre wie Mendelssohn seine erste Abhandlung veröffentlichte, stand er in freundschaftlichem Verkehr [4]).

Von Prag aus wandte er sich im Jahre 1769 mit einem Schreiben an Mendelssohn. Nachdem er elf Monate vergeblich auf Antwort gewartet hatte, schrieb er ihm noch einmal und schickte ihm zugleich ein hebräisches Räthsel über die Purim-Ceremonie sowie eine hebräische Elegie auf den im December 1769 verstorbenen Prager Gelehrten Meyr Fischels [5]) ein.

Mendelssohn antwortete ihm den 30. März 1770: „Ich fühle mich tief beschämt, wenn ich bedenke, daß bereits zwölf

---

[1]) Jggerot 19a.
[2]) Jggerot, Brief 3, Anmerk. 6.
[3]) Friedländer in der Berlinischen Monatsschrift, s. auch Sulamith III, 2, 146.
[4]) Daß er sich „der Freundschaft des Dr. Abraham Kirsch (l. Kisch) besonders erfreute", ist Vermuthung Carmoly's (Ben Chananja VI, 158); er hat Kisch wohl nie gesehen, da derselbe bereits 1765 starb.
[5]) Carmoly ruft (a. a. O. 158) emphatisch aus: Wer ist z. B. der hochgelehrte Rabb. M. F.? In Mendelssohn's ges. Schriften VI, 445 stehen allerdings blos die Initialien M. F., in den Jggerot 1b ist jedoch der Name voll ausgeschrieben.

Monate verflossen sind, seitdem Sie mich mit Ihrem überaus werthen, theuern und offenherzigen Briefe beehrt haben, und ich Ihnen noch nicht mit einer Silbe geantwortet habe. Geben Sie aber nur ja dem Gedanken keinen Raum, als schätzte ich Ihre Worte gering und schenkte denselben keine Beachtung; nein, mich hielten in der That nur vielfache Beschäftigungen und ganz besonders der religiöse Streit, in welchen ich mit einem christlichen Theologen (Lavater) gerathen bin, vom Schreiben ab" [1]).

Mehrere Jahre verstrichen, ohne daß Avigdor an Mendelssohn schrieb, bis ein plötzlich über ihn eingebrochenes Unglück ihn veranlaßte, sich wieder an ihn zu wenden.

Auf einer Reise durch Sachsen gerieth er nämlich in den Verdacht eines Diebstahls oder einer Diebeshehlerei und wurde demzufolge nach der sächsischen Landesfestung Pirna gebracht, wo er zehn Monate in Fesseln und Banden saß, ohne auch nur verhört zu werden. Endlich gelang es ihm, einen kunstvoll stylisirten hebräischen Brief an Mendelssohn gelangen zu lassen. Er betheuert darin seine völlige Unschuld, meldet ihm, daß ein Geistlicher, der ihn wöchentlich einigemal in seiner Zelle besuche, mehrerer Sprachen, auch der hebräischen, kundig und ein großer Verehrer von ihm sei, daß derselbe seinen Commentar zum „Prediger" gelesen habe und zu besitzen wünsche. Ferner theilt er ihm mit, daß er sich seine Leidenszeit mit dem Studium der Bibel und des Talmud verkürze, auch bereits den größten Theil des Abravanel, die „Herzenspflichten" und das religionsphilosophische Werk „Kusari" einigemal gelesen habe und bittet ihn um die Erklärung einer in dem letztgenannten Werke ihm unverständlichen Stelle [2]).

Sobald Mendelssohn diesen Brief durch Isaak Jaffe, den Verwandten Avigdor's, erhielt, schrieb er ihm und zwar, in der richtigen Voraussetzung, daß die Beamten in Pirna das Schreiben öffnen und lesen würden, in deutscher Sprache Folgendes: [3])

---

[1]) Moses Mendelssohn's ges. Schr. VI, 445; Iggerot, 1. Brief.
[2]) Iggerot 10. Brief.
[3]) Der Brief ist schon oft, aber immer unvollständig gedruckt (Sulamith III, 2, 148 f., Moses Mendelssohn's ges. Schr. V., 522). Die Erklärung der Stelle im Kusari und die Nachschrift fehlen auch in den ges. Schriften.

„Mein Herr!

Ich habe Ihr Schreiben richtig erhalten. Da ich Ihre Denkungsart kenne, so zweifle ich nicht, daß Sie gerechte Sache haben, ob ich gleich nicht weiß, was Ihnen eigentlich schuld gegeben wird. Freilich wird am Ende die Unschuld an den Tag kommen und Recht doch Recht bleiben müssen. Die Gerechtigkeit thut zwar zur Rettung der Unschuld nur sehr langsame Schritte, aber wir wollen hoffen, desto sicherere. Da Sie übrigens Ihr Trübsal mit so vieler Ergebung in den göttlichen Willen ertragen, so hoffe ich zu dem Gotte unserer Väter, daß der Vorfall auch für Ihre arme bedauernswerthe Familie so unglücklich nicht sein wird, als es jetzt scheint. Was ich nur immer dazu beitragen kann, derselben hartes Schicksal zu erleichtern, werde ich gewiß mit Vergnügen thun.

Von der Stelle im Buche Kusari (Absch. IV, § 1), die Sie berühren, glaube ich, daß sie weder Muskato (in seinem Commentar „Kol Jehuda") nach Buxtorf richtig erklärt haben. Die Schwierigkeit liegt in den philosophischen Kunstwörtern, die der Uebersetzer buchstäblich übertragen hat, ohne für ihre Verständlichkeit zu sorgen. Hier ist meine Erklärung von dieser Stelle:[1] „Der vierbuchstabige Name Gottes hat die Kraft eines nominis demonstrativi so gut als wenn das ‏ה‎ demonstrativum davor stünde, worauf virtualiter, nicht localiter gedeutet wird; man deutet darauf gleichsam mit dem Finger, dieses, wenn nämlich kein anderer Articulus demonstrativ vorher gegangen (ich lese nämlich ‏אחר אשר לא היה נודע‎, nicht ‏אחד‎) und so weiter. Hierauf paßt die Frage im folgenden Paragraph sehr gut. „Kusari: Wie kann aber der Articulus demonstrativ bei einem Wesen gebraucht werden, auf welches man nicht deuten kann, das wir nur aus seiner Wirkung erkennen?" Und die Antwort des Gelehrten: „Allerdings findet auch hier eine Art von demonstrativ oder Fingerdeutung statt, nämlich in prophetischem Gesichte u. s. w." Ich halte es für unnöthig, die Erklärung dieser Redensart, ‏רמז‎ und ‏ברמז‎ und zwar ‏בצד מבלתי צד‎ b. i. auf eine gewisse bestimmte Seite, die

---

[1] Die Mendelssohn'sche Erklärung dieser Stelle, „unstreitig eine der schwierigsten im ganzen Buche", findet sich auch bei G. Brecher in seinem hebr. Commentar des Kusari (Prag 1880).

S. 264 u. ff. vorkommen und von Muskato sehr weitläufig erklärt werden, hinzuzufügen, da ich weiß, daß Sie ein denkender Kopf sind und gleichsam nur einen Wink nöthig haben, um den Weg der Wahrheit nicht zu verfehlen.

Ich wünsche von Herzen, daß Sie bald befreit werden mögen und verharre mit vieler Theilnehmung an Ihren Leiden

Ihr ergebenster Diener
Moses Mendelssohn.

Berlin, den 1. Sch'wat 5534 (13. Januar 1774)[1]).

NS. Mein „Kohelet" wollte ich Ihnen herzlich gerne schicken, wenn mich das Postgeld nicht dauerte. Vielleicht findet sich eine Gelegenheit durch einen Buchhändler etwa, oder auch über Leipzig. Die Leute auf den Postämtern fordern gleich was ihnen einfällt, wenn sie mehr als einen einfachen Brief sehen".

Das Schreiben Mendelssohn's hatte den erhofften Erfolg. Die Beamten selbst überbrachten es dem Gefangenen und eröffneten ihm, daß, wenn ein Mann wie Mendelssohn für seine Unschuld einstehe, Niemand ihn mehr in Verdacht halten dürfe. Am Vorabend des Passahfestes erlangte Avigdor seine Freiheit wieder. Aller Mittel entblößt nahm sich der mit ihm verwandte Halberstädter und spätere Berliner Rabbiner Hirschel Levin, sowie der reiche Isaak Dessau in Berlin seiner an[2]). Von Dresden, wo er sich während des Festes aufhielt, kehrte er nach Prag zurück, und ernährte sich wieder kümmerlich durch Ertheilung von Privatunterricht.

Mendelssohn, seinem Retter und Befreier, bewahrte er stets die größte Dankbarkeit. Als der Sturm über dessen deutsche Pentateuch-Uebersetzung ausbrach und besonders der berühmte Prager Rabbiner Ezechiel Landau darüber aufgebracht war, daß Mendelssohn sich für dieselbe nicht wie üblich seine Approbation erbeten habe, trat er auch in schriftlichen Verkehr mit ihm. Das am Pfingstfeste des Jahres 1779 erhaltene Schreiben Avigdor's beeilte

---

[1]) Nicht Februar 1774, wie es Mos Mendelssohn ges. Schr. V, 523 heißt.
[2]) Iggerot 4 a.

sich Mendelssohn einige Tage nach dem Feste, den 25. Mai¹) zu beantworten.

Den 17. April 1780 schrieb Mendelssohn an Avigdor folgenden interessanten Brief:

„Ihr geehrtes Schreiben vom 20. v. M. habe ich erhalten und meine Thränen flossen beim Durchlesen desselben. Lieber Herr Avigdor! Mein ältestes Kind, das um diese Zeit heiratsfähig sein könnte, und das eine gute Partie für den Sohn des uns befreundeten Arztes gewesen wäre, ist mit ihm ins ewige Leben gegangen und zwar als es Ein Jahr alt war²). Nachher pochte der Tod noch zwei, dreimal an mein Fenster. Gegenwärtig ist meine älteste Tochter fünfzehn Jahre alt und mein Sohn Joseph, Gott erhalte ihn! neun Jahre; was soll ich nun auf Ihre freundlichen Worte erwiedern?

Laß sich unser Freund, der Arzt³). nur ja nicht schämen, daß er sich selbst angeboten. Ich hätte es meinerseits nicht weniger gethan, denn unter Männern der Wahrheit können dergleichen Bedenklichkeiten gar nicht stattfinden. Es vermehrt meine Achtung und Freundschaft gegen ihn, daß ich solche gute Gesinnung bei ihm wahrnehme. Machen Sie dem würdigen Freunde meine Empfehlung. Daß ich ihm nicht wieder geschrieben, ist nicht meine Schuld; ich habe selbst von dem Hause, das mir den Auftrag ertheilt, von jenem Tage weiter keine Nachricht erhalten.

Von dem Pentateuch wird von Leipzig aus die erste Ablieferung, bestehend in dem 1. Buche Moses, wohl schon gekommen sein⁴). Ich erwarte von Ihnen Ihre offenherzige Beurtheilung, wie Ihnen dasselbe gefallen.

---

¹) Jggerot, Br. 4, Mos. Mendelssohn's ges. Schr. VI, 447 ff. S. 450 muß es statt Juni Mai und S. 447 Z. 6 statt hiesigen dortigen Rabbiner heißen.

²) Mendelssohn meldete den Tod des Kindes seinem Freunde Abbt in dem Briefe vom 1. Mai 1764 (ges. Schr. V, 815): „Der Tod hat an meine Hütte gepocht und mir ein Kind geraubt, das nur elf unschuldige Monate auf Erden gelebt hat". Das Kind starb im März oder April 1764, wurde also im April oder Mai 1763 geboren.

³) Der Arzt war, wie ich vermuthe, Jonas Zeiteles.

⁴) Das 1. Buch Moses der Mendelssohn'schen Uebersetzung verließ Anfang März 1780 die Presse.

Ich breche wegen vieler Beschäftigung hier ab und bin
Ihr stets dienstfertiger

Moses Dessau¹)".

Berlin, den 12. Nissan 5540 (17. April 1780).

Avigdor fristete in Prag ein kümmerliches Leben und strebte danach, seine Lage zu verbessern. Wie aus einem Briefe Mendelssohn's hervorgeht, eröffnete sich ihm auch die Aussicht, eine seinen Fähigkeiten angemessene Stelle zu finden. „Soll aus der Sache etwas werden, schreibt Mendelssohn im December 1780²), „so wird man Leute von Ihren Kenntnissen mit Licht suchen, und man wird desto williger sein, Sie aufzusuchen, je weniger Bewegung Sie machen und je ruhiger Sie den Erfolg abwarten. „Erwecket und erreget die Liebe nicht, bis sie von selbst erwacht." Halten Sie es mir zu gut! Wie mir scheint, haben Sie sich von jeher dadurch geschadet, daß Sie jeden Anschein von Hoffnung, den Sie gehabt, gleich zu voreilig haben poussiren wollen."

Mendelssohn gab sich in der That Mühe, dem ihm zugethanen strebsamen Avigdor eine passende Stelle zu verschaffen. Die früher sich ihm gebotenen Aussichten hatten sich zerschlagen, und er wurde auf eine günstigere Gelegenheit vertröstet. „Wegen einer Stelle für Sie," schreibt ihm Mendelssohn den 5. Juni 1781, „werde ich mit Herrn Isaak Jaffe etwas überlegen. Für nächsten Winter weiß ich noch keinen Vorschlag, aber für den künftigen Sommer könnte sich was ereignen, wovon ich Ihnen aber aus einem sehr triftigen Grunde, den ich Ihnen nicht mittheilen darf, noch nichts schreiben kann. Mit Herrn Isaak Jaffe aber will ich es inzwischen überlegen"³).

Das Interesse, das Mendelssohn für Avigdor hegte, erkaltete jedoch nach einiger Zeit, nachdem er gewahr geworden, wie sehr verschieden sie in ihren Grundsätzen und ihrer religiösen Richtung sind.

---

¹) Iggerot, Br. 4. Dieser Brief fehlt in den gef. Schriften.

²) Iggerot, Br. 5. Moses Mendelssohn's gef. Schriften VI, 453 f. Der Schluß des Briefes ist mangelhaft und lautet nach dem Original: „Mögen sie aber fluchen, ich werde gesegnet sein! Ich werde ihrer Gewalt nicht die mindeste Gewalt von meiner Seite entgegensetzen"

³) Iggerot, Br. 6. Die hier mitgetheilte Stelle fehlt in Mendelssohn's gef. Schriften VI, 461, wo der Brief abgedruckt ist.

Zu Anfang des Jahres 1783 hatte nämlich Avigdor eine kleine Schrift „Die Anfangsgründe der hebräischen Grammatik" in Prag veröffentlicht ¹). Da Avigdor im Rufe eines tüchtigen Grammatikers stand, so trug der erwähnte Prager Rabbiner Ezechiel Landau kein Bedenken, das Schriftchen mit einer Approbation zu versehen; aber sowohl diesem frommen Rabbiner als auch andern Lesern war es entgangen, daß der Verfasser in der Vorrede Bibelstellen in verkehrter, das religiöse Gefühl verletzender Weise erklärt hatte. Mendelssohn war fest entschlossen, mit Avigdor zu brechen; sein das Schriftchen begleitendes Schreiben ließ er unbeantwortet. Erst auf wiederholtes Bitten des über dieses Schweigen erstaunten Autors entschloß er sich, folgenden Brief ²) an ihn zu richten.

„Ihr geehrtes Schreiben hat mich in Verwunderung gesetzt. Soweit ist es niemals gekommen, daß ich etwa, Gott behüte! Haß oder auch nur Unfreundschaft gegen Sie geäußert oder auch empfunden hätte. Etwas kaltsinniger bin ich geworden, dies gestehe ich, nachdem ich gewahr worden, wie sehr verschieden wir in unseren Grundsätzen sind, so daß wir niemals recht harmoniren können. Sie sagen und drucken Erklärungen über Stellen der Heiligen Schrift, davon Sie selbst wissen, daß sie unwahr sind, und sprechen in mancherlei Dingen wider besseres Wissen. Alles dieses ist mir zuwider, und wenn ich mir gleich eine Situation denke, in welcher alles dieses mit redlicher Gesinnung und Geradheit des Herzens bestehen kann, so habe ich doch auch meine Gründe, warum ich jeden Schein vermeide, daß ich es billigte. Genug hiervon! Möge der Allgnädige mir so meine Sünden verzeihen, wie mir nie in den Sinn gekommen ist, Haß gegen Sie zu empfinden.

Daß die letzten Theile der Pentateuch-Uebersetzung dort noch nicht angekommen, ist mir unbegreiflich. Herr Simcha Breslau, der sie übernommen hat, ist beordert, sie an Herrn S. Pb.³) dort zu schicken, den ich ersucht, sowol meinem Freunde, dem Arzt, als den übrigen Subscribenten gehörig abzuliefern. Ich schreibe abermals an

---

¹) Die Grammatik erschien unter dem Titel Dabar Tob, Prag 1783; Salomon Bumsel in Prag ließ sie auf seine Kosten drucken.
²) Iggerot, Br. 9. Dieser Brief fehlt in Moses Mendelssohn's gesammelten Schriften.
³) Pb. = Preßburger.

Breslau, ihn anzutreiben, und wenn solches noch nicht geschehen ist, weil er etwa keine Frachtgelegenheit hat finden können, so will ich ihn ersuchen, vermittels Post abzusenden.

Was Ihnen an Ihrem Exemplare noch fehlt, kann Herr Isaak Jaffe für Sie abholen lassen, es liegt bei mir. Der obenerwähnte Herr S. Pb. hat auch Exemplare in Commission sowol feine als auch auf Druckpapier um proportionirte Preise.

Möge Ihnen von dem Allgütigen zum neuen Jahre Glück und Segen beschieden sein, wie es wünscht

Ihr Ihnen stets ergebener
Moses Dessau.

Berlin, 28. September 1783.

NS. Meinem lieben Freunde Herrn Med. Dr... meine besten Grüße. Der obenerwähnte Herr Pb. wird ihm die überflüssigen Exemplare, so er in Händen hat, abnehmen und die fehlenden ersetzen. Die Unordnung ist durch meine Freunde entstanden, welche die Commission übernommen, die Exemplare zu besorgen. Meine deutschen Schriften, nämlich die „Psalmen" und „Jerusalem", hat der Buchhändler nach Prag besorgt und sind sie Ihnen auch gewiß zugegangen."

Schmerzlich bedauerte Avigdor, die irrige, religiöse Ansicht geäußert und Mendelssohn dadurch verletzt zu haben; er war wahrheitsliebend genug, dieselbe öffentlich zu widerrufen. Mendelssohn gestand er sofort seinen Irrthum ein, und dieser söhnte sich wieder völlig mit ihm aus. „Ihr werthes Schreiben vom 24. Sch'wat hat mir viel Vergnügen verursacht," heißt es in seinem Briefe vom 12. April 1784[1]), „und wenn ich je verdrießlich gewesen, so hat mich ein solches Schreiben zufrieden stellen können. . . . Es ist wahr, man ist nicht immer verbunden, die Wahrheit zu sagen und zu vertheidigen; aber man ist zu allen Zeiten und unter allen Umständen schuldig und verpflichtet, nicht geflissentlich Unwahrheit zu behaupten. Dies hat vor einiger Zeit mich verdrießlich gemacht; aber das Vergangene sei vergessen, von Ihnen sowohl als von mir vergessen!"

Mehrere Jahre nach dem Tode Mendelssohn's setzte ihm Avigdor, seit 1791 des Augenlichts beraubt, in seiner Liebe und Vereh-

---

[1]) Der Brief (Mos. Mendelssohn's ges. Schriften VI, 446 f.) ist nicht, wie es dort heißt, vom 12. April 1774, sondern vom 12. April 1784 datirt.

rung ein Denkmal: er schrieb die Biographie seines Gönners in einem hebräischen Gedichte, das er zusammen mit den Briefen, welche er von ihm und einigen Andern empfangen hätte, veröffentlichte.¹) Zwei Jahre nach dem Erscheinen dieser Briefe, erschien sein philosophisches Lehrgedicht „Chotam Tochnit", dem er noch einige Briefe Mendelssohn's hinzufügte.²)

Avigdor, der ein vorzüglicher Grammatiker und, wie sich aus seinem Lehrgedicht ergibt, mit den Schriften Spinoza's und Locke's, mit Reimarus und Maupertuis bekannt war, lebte als armer Privatlehrer³) in Prag noch 1810. Im Jahre 1802 schrieb er die Vorrede zu der in Prag erschienenen Pentateuch-Ausgabe mit der deutschen Uebersetzung Moses Mendelssohn's.

X.

Moses Mendelssohn's Briefe an Pinchas und an Moses Fischer.

Das größte Verdienst Mendelssohn's liegt in seiner Pentateuch-Uebersetzung. Er wollte seine Glaubensgenossen die deutsche Sprache lehren und zwar inmitten ihres eigenen unantastbaren Heiligthums; die Liebe zum Judenthum und zur deutschen Bildung, zur deutschen Nationalität sollte, durch die Sprache vereinigt, gemeinsam gepflegt, die Juden sollten an der Hand der Gotteslehre selbst in das nationale Geistesleben des Vaterlandes eingeführt werden. Und er, der Meister des deutschen Stils, der Mann des feinsten Sprachtaktes lieferte eine Uebersetzung, welche noch heute mustergiltig ist.

So vortrefflich das Werk auch war, es hatten doch recht viele daran herumzumäkeln.

---

¹) Iggerot R. Moses Dessau mit Anmerkungen. Wien 1794.

²) Chotam Tochnit nebst Fortsetzung der Mendelssohn'schen Correspondenz. Wien 1797. Das von mir benutzte Exemplar dieser seltenen Schrift wurde von dem Verfasser dem Sohne des Dr. Zeitteles, Bezalel, geschenkt.

³) Grätz nennt ihn im 11. Bande seiner Geschichte Seite 586 „einen kleinen Stellenjäger"!

Ich rede nicht von denen, welche principiell gegen die ganze Uebersetzung Opposition machten, es war das ein natürliches, noch heute nicht ganz überwundenes Sträuben gegen den Eintritt in das Culturleben, zu dem sie nothwendig führen mußte; ich rede vielmehr von den vielen wissensdurstigen jungen Männern, welche, kaum mit den Elementen der deutschen Sprache vertraut, dem Meister auch schon Ausstellungen an seinem mühsamen Werke machten. Wem irgend eine Stelle im Commentar oder in der Uebersetzung unverständlich war, er wandte sich an Mendelssohn; konnte er der Beantwortung seiner Frage doch gewiß sein. So erzählt Peter Beer, „der länger als dreißig Jahre in verschiedenen Werken, für Aufklärung, Erziehung und Belehrung thätig gewesen" [1]), in seiner „Selbstbiographie" [2]) : Gleich nach dem Erscheinen von Mendelssohn's übersetztem Pentateuch waren mir einige Stellen in dem beigedruckten hebräischen Commentare auffallend, und ich wagte es, ihm diese für mich schwierigen Stellen mit der Bitte um Erklärung in einem zu diesem Zwecke geschriebenen Briefe vorzulegen. Und dieser große Mann that dieses in einer so belehrenden und aufmunternden Weise, daß er ein gewisses Zutrauen zu mir selbst in mir rege machte . . ."

Wie Peter Beer wandte sich ein sonst unbekannter junger Mann, Namens Pinchas, an Mendelssohn mit einer den Pentateuch-Commentar betreffenden Frage. Acht Tage nach Empfang des Briefes ertheilte er ihm folgende Antwort: [3])

Berlin, Ereb Rosch Chodesch Ijar 512 (13. April 1782).

Mein Herr!.

„Ihr geehrtes Schreiben vom 2./4. d. M. habe ich erhalten und war mir sehr angenehm, daraus zu ersehen, daß Ihnen der durch mich gedruckte Pentateuch so wohl gefallen. So viel kann ich bezeugen und versichern, daß meine Absicht dabei gut ist. Ich nehme

---

[1]) So charakterisirt ihn Zunz, Monatstage des Kalenderjahres (Berlin, 1872), 61; Grätz nennt ihn im 11. Bande seiner Geschichte S. 457 den „ungebildeten, tölpelhaften Peter Beer"!

[2]) Lebensgeschichte des Peter Beer (Prag 1839), 15.

[3]) Mitgetheilt von A. Harkavy in dem von ihm herausgegebenen Meassef (Beiblatt zu Ha-Meliz) Nr. 4, Seite 37 ff.

auch gern Erinnerungen an und suche zu verbessern, wo mir Fehler gezeigt werden, wie sich so Gott will in der Folge ausweisen soll.

Die Worte ופתח התבה בצדה תשים ¹) sind wirklich irrthümlicherweise ausgelassen, ich danke herzlich für die Erinnerung, wiewohl der Fehler bereits bemerkt und Anstalt getroffen worden, am Ende des 2. Buches Moses dieses Blättchen zu überdrucken.

Bei עגלה משולשת ²) aber stimmt der Uebersetzer mit dem Commentator nicht überein. Mir scheint die Uebersetzung des Jonathan ben Usiel die richtige; die Uebersetzung „eine dreijährige Kalbe" ergibt sich auch aus dem einfachen Wortsinne. Die Ansicht des David Kimchi vermag ich nicht zu fassen.

Was übrigens die Pränumeration betrifft, belieben Sie nur das Geld meinem Freunde, dem Arzte Herrn Dr. Mordechai³), abzugeben, der gütigst die Commission übernommen. Es kann aber nur auf die ordinäre (Ausgabe) pränumerirt werden mit 4 Rthr. 8 Gr. Preußisch Courant als den Werth von 7½ fl. Holländisch⁴). Hier besorgt die Commissionen alle Herr Jeremias Bendit, dessen Adresse Jeremias Bendit junior. Die feine Sorte aber zu 9 fl. Holländisch hat sich bereits vergriffen.

Dem erwähnten Herrn Doctor bitte meinen freundschaftlichen Empfehl zu melden, ich werde in einigen Tagen die Ehre haben, ihm besonders zu schreiben.

Ihr stets dienstfertiger

Moses Dessau."

Zu denen, welche sich an Mendelssohn mit Bemerkungen über seine Pentateuch-Uebersetzung und seinen Commentar wandten, gehört auch der Sohn des wegen seiner talmudischen Gelehrsamkeit bekannten und von Mendelssohn hochverehrten R. Meïr Fischels in

---

¹) 1. B. Moses 6, 16.
²) 1 B. Moses 15, 9.
³) Mendelssohn stand mit zwei Aerzten Namens Mordechai in Verbindung: Mordechai (Markus) Herz und Mordechai Gumpel; ersterer lebte 1782 in Berlin, kann also hier nicht gemeint sein. Gumpel hielt sich in Hamburg auf.
⁴) Ueber den Preis der Mendelssohn'schen Pentateuch-Uebersetzung vgl. mein: Moses Mendelssohn, S. 299 f.

Prag: **Moses Fischer.** Er beschäftigte sich in der Jugend mit Logik, Grammatik und mathematischen Wissenschaften und versah nahezu zwei Jahrzehnte die Rabbinatsfunctionen der Wiener Gemeinde, bis er sich 1827 vom Amte zurückzog. Aus mehreren Briefen, welche er von Mendelssohn erhalten hatte, wählte **Aron Pollak**, ein Mitarbeiter der Zeitschrift „Der Sammler", der die Euchel'sche Biographie Mendelssohn's im Jahre 1814 in Wien neu auflegte, folgenden aus und veröffentlichte ihn im Anhang der genannten Biographie[1]). Derselbe ist von Fasten Esther's 544 [6. März 1784][2]) batirt und lautet:

„Ihr geehrtes Schreiben vom 21. v. M. hat mir viel Vergnügen verursacht. Ich bewundere die Progressen, die Sie in so kurzer Zeit sowohl in der Logik als in der hebräischen Grammatik gemacht haben. Alle die logischen Kunstgriffe, die Sie angewendet, um „die Schlüsse in die erste Figur" zu verwandeln, sind so gründlich, als sie nur immer sein können. Besser hat diese Lehre nicht ausgeführt werden können, man findet solche bei keinem deutschen Schriftsteller; Wolff hat davon nur sehr wenig. Ueberhaupt habe ich im Commentar zu der Logik des Maimonides [Millot Higgajon] die Lehre von den Schlüssen mit einer Deutlichkeit und Kürze abgehandelt, die man selten in anderen Logiken finden wird.

Der erwähnte Commentar zu „Millot Higgajon" ist hier vor einigen Wochen von neuem aufgelegt worden; von Leipzig aus werden Exemplare nach Prag geschickt werden. Das Institut der hiesigen Freischule hat die Kosten dazu hergegeben und besorgt den Verlauf; diese Auflage hat den Vorzug, daß nicht so viele Druckfehler eingeschlichen sind.[3])

Jetzt komme ich zu Ihren Bemerkungen über den Pentateuch-Commentar.

---

[1]) M. s. auch Jahrbücher für jüd. Geschichte und Literatur. Herausgegeben von N. Brüll. III, 137.

[2]) Der Tag des Fastens Esther, d. i. 13. Adar, fiel im Jahre 1784 nicht auf den 4., sondern auf den 6. März.

[3]) Die 3. Auflage des Commentars, welche Februar 1784 erschien, besorgte Aron Jaroslaw und ist correcter als die früher erschienenen.

Was Ihre Bemerkung zu dem Worte לְיָדְחֲמֹנָה¹) betrifft, so haben Sie, wie es scheint, etwas recht....; der Commentator ist ganz unnöthigerweise zu weitläufig geworden.

Im 2. Buch Moses Cap. 11, V. 5 übersetze ich אֲשֶׁר אַחַר הָרֵחַיִם „die hinter der Handmühle sitzt." Sie fragen mich, lieber Freund, warum sich das Wort אֲשֶׁר nicht auf den „Erstgeborenen" der Magd bezieht, da ich doch dasselbe Wort in Verbindung mit dem „Erstgeborenen" Pharao's übersetzt habe? Zwischen diesen beiden Pronominibus ist aber meiner Ansicht nach ein großer Unterschied. Der Erstgeborene Pharao's hatte die Bestimmung, den Thron zu besteigen, nicht aber war der Erstgeborene der Magd lediglich zum Mahlen bestimmt. Bekanntlich wird im Orient das Mahlen ausschließlich durch die Frauen verrichtet, darum scheint mir das Pronomen hier besser auf Magd zu passen.

Bei der Uebersetzung und Erklärung der Worte עֲמוּד הֶחָצֵר²) bin ich durchaus nicht eigenmächtig vorgegangen; wer die von mir dort angeführte Stelle der Boraitha genau einsieht, wird finden, daß man gar nicht anders übersetzen und erklären kann.³)

Im 4. B. Mosis Cap. 11, V. 20 haben Sie das Richtige getroffen, und hat sich der Commentator in der That geirrt.

Was das Grammatische des Wortes וְהֵמַתָּ⁴) betrifft, so muß ich gestehen, daß ich auf dem Gebiete der Grammatik nicht sonderlich versirt bin und habe ich darauf auch nicht die nöthige Sorgfalt verwendet. Alle grammatischen Stellen im Pentateuch-Commentar rühren entweder von Herrn Sal. Dubno oder von anderen bekannten und tüchtigen Grammatikern her. Ich hielt es nicht für nöthig, ihre Arbeiten zu revidiren, besonders wenn es für das Verständniß des Verses nicht von Bedeutung war. Zuweilen sind sie auch in ihren Untersuchungen zu weitschweifig geworden; was liegt im Grunde an solchen Silbenstechereien? Für allgemeine Regeln der hebräischen Grammatik haben wir weder in der Heiligen Schrift noch in der Tradition einen festen Anhalt. Man soll sich daher in

¹) 1. B. Mos. 30, 41.
²) 2. B. Mos. 27, 17 ff.
³) Die weitere Explication lasse ich unübersetzt.
⁴) 2. B. Mos. 1, 16.

solche subtile Untersuchungen nur dann einlassen, wenn es sich um Feststellung des eigentlichen Wortlauts handelt, denn wir können den Sinn einer Bibelstelle nicht verstehen, wenn wir nicht auch die Regeln der hebräischen Sprache zu Rathe ziehen. Das ist meiner Ansicht nach der eigentliche Zweck der Sprachforschung, darüber hinaus sollen wir nicht gehen, alles Weitere ist nutzlos.

Es wird hier das Psalmenbuch mit meiner deutschen Uebersetzung, mit einem kurzen hebräischen Commentar von einem jungen Manne¹) und mit dem Commentar des Obadia Sforno auf Subscription gedruckt. Sobald Solches fertig ist, schicke ich Ihnen ein Exemplar davon. Ich schmeichele mir in meiner Psalmen-Uebersetzung viele schwere Stellen glücklich übersetzt zu haben.

Ich bleibe Ihr stets dienstfertiger
Moses Dessau".

XI.

Moses Mendelssohn in Dresden und sein Verwenden für die dortigen Juden.

„Mendelssohn ist in Dresden!" berichtete August v. Hennings am 21. August 1776 freudevoll seiner theuern Elise Reimarus in Hamburg. „Seit drei Tagen habe ich mich mit ihm beschäftigen können" ²).

Es war am Abend des 16. August, als Mendelssohn in Begleitung seiner Frau und seines Freundes, des nachmaligen Berliner Stadtraths David Friedländer, in Dresden anlangte. Am andern

---

¹) Dieselbe Mittheilung machte Mendelssohn einige Wochen später, den 12. April 1784, auch Abigdor Levi in Prag: „Es hat sich Jemand hier gefunden, der .... einen Commentar zu den Psalmen drucken, worin er die Gründe meiner Uebersetzung in hebräischer Sprache angeben will." Dieser Jemand ist Joel Löwe, dessen Commentar mit der Mendelssohn'schen Psalmen-Uebersetzung Berlin 1785—1791 erschien.

²) Mein: Moses Mendelssohn, 251.

Morgen in aller Frühe kam der Dresdener jüdische Gemeindediener Löbel Schie zu Mendelssohn und verlangte zwanzig Groschen, um für ihn und seine Gesellschaft einen Zoll= und Geleitbrief zu lösen, denn damals mußte der Jude, wenn er sich in einer sächsischen Stadt auch nur einen Tag aufhalten wollte, den sogenannten Leibzoll entrichten, der ihn zum Vortheile der Finanzcasse zum Thiere herabwürdigte.

Mendelssohn lachte laut auf.

„Der Verfasser des „Phädon" sich verzollen gleich dem Ochsen, das ist lustig!" sagte er zu seiner Frau; „nun sehe ich erst ein, wie gut es Lavater mit mir gemeint. Wäre ich Christ geworden, könnte ich heute zwanzig Groschen sparen. Doch", fuhr er ernst und traurig fort, „Jude ist Jude, ob er mit Philosophemen oder mit alten Kleidern handle; gehorche ich den mosaischen Gesetzen, muß ich auch den sächsischen Folge leisten". Er zahlte die zwanzig Groschen, und Löbel Schie eilte, den Verfasser des „Phädon" und seine Begleiter zu verzollen.

Als Schie in dem Zoll= und Geleits=Expeditionsbureau die zu verzollende Gesellschaft nannte, welche aus Berlin kam und über Meißen nach Leipzig reisen wollte, stutzte der Einnehmer ein wenig, als er den Namen Mendelssohn hörte.

„Mendelssohn! Mir ist, als ob ich von dem Mauschel schon etwas gehört hätte. Mendelssohn! Hat er nicht Bücher geschrieben?"

„Und was für Bücher!" erwiederte Löbel Schie.

„Ei was! Jude ist Jude!" fiel ihm der Einnehmer ins Wort. Er schrieb hierauf den Geleitzettel und strich die zwanzig Groschen ein.

Tags darauf besuchte Mendelssohn in Begleitung seines Freundes Hennings, der als dänischer Geschäftsträger in Dresden lebte, die damals noch im Zwinger aufgestellte churfürstliche Bibliothek, um das Verzeichn... ...oubletten zu durchblättern, welche demnächst verkauft werden sollten.

Der Bibliothekar Daßdorf, der gerade mit der Herausgabe der Briefe Winckelmann's beschäftigt war, schätzte sich glücklich, den berühmten Berliner Philosophen in seinem Museumtempel zu sehen; er erschöpfte sich in Lobeserhebungen über Mendelssohn's Verdienste um die deutsche Literatur, zeigte ihm mit unermüdlicher Geduld die

Doubletten sowie die Schätze der Bibliothek und fragte ihn, als er Miene machte sich zu entfernen, wie es ihm in Dresden gefalle.

„Ihre Stadt ist herrlich", antwortete Mendelssohn, „Ihr Land noch herrlicher und Ihr Churfürst das Herrlichste, was ich nächst unserm Friedrich kenne, aber —" hier brach er lächelnd ab.

„Nun, was mißfällt Ihnen denn bei uns?" fragte Daßdorf erstaunt.

„Daß die sächsischen Gesetze die Berliner Juden und die polnischen Ochsen noch immer im Range ganz gleichstellen". Und nun mußte Mendelssohn die Geschichte mit den zwanzig Groschen und dem Leibzoll erzählen.

Daßdorf stand dabei wie auf Kohlen. Er entschuldigte den Einnehmer theils mit allzustrenger Pflichterfüllung, theils mit Mangel an Kenntniß der Literatur und tröstete Mendelssohn, daß der Fehler sicherlich bald gut gemacht werden würde. Dieser aber bat ihn, kein Aufhebens aus einer Sache zu machen, die kaum der Rede werth sei, empfahl sich und ging.

Sobald Mendelssohn sich entfernt hatte, ergriff Daßdorf, der für Alles was Literatur und Literat hieß, enthusiastisch eingenommen war, haftig Hut und Stock, stürzte die Zwingertreppe hinab, um diese „entsetzliche Geschichte" gleich bei der rechten Behörde anzubringen; er begab sich zu dem geheimen Kammerrath Freiherrn von Ferber, in dessen Hause er einige Jahre Hofmeister gewesen war. Ferber, nicht nur ein tüchtiger Staatsmann, sondern auch Freund der Literatur und Verehrer Mendelssohn's, fand die Geschichte ebenfalls sehr ärgerlich, theilte ganz die Befürchtung Daßdorf's, daß die Berliner Gelehrten sich in den öffentlichen Blättern darüber lustig machen würden, und begab sich sofort zum Kabinetsminister Freiherrn von Gutschmidt, um ihn von der „entsetzlichen Geschichte" in Kenntniß zu setzen.

Schon den nächsten Morgen erhielt das Accißcollegium mittels allerhöchsten Rescripts den Befehl, „dem Berliner Gelehrten mosaischer Religion, Herrn Moses Mendelssohn", die als Leibzoll abgenommenen zwanzig Groschen zurückzustellen und ihm zugleich zu wissen zu thun, daß er sich mit seiner Begleitung in Dresden aufhalten könne, so lange es ihm beliebe, ohne die mindeste Abgabe zu entrichten.

Mendelssohn freute sich der Auszeichnung, die ihm der Churfürst angedeihen ließ, stattete dem Freiherrn von Ferber einen Besuch ab, um ihn seiner Hochachtung und Ehrerbietung persönlich zu versichern¹) und schenkte die zwanzig Groschen mit einer zehnmal so starken Beilage der Stadtarmencasse.

Weit froher aber war Daßdorf, denn, wie er nachher oft versicherte, diese „entsetzliche Geschichte" eine schlaflose Nacht verursacht hatte²).

Während sich Mendelssohn im Herbste des Jahres 1777, wie bereits erwähnt, mehrere Wochen in Hannover aufhielt, drang ganz unerwartet ein Hilferuf seiner Glaubensgenossen in Dresden zu ihm: mehrere Hunderte von ihnen sollten aus der churfürstlichen Residenz vertrieben werden.

In der ersten Bestürzung wandte sich der Vorsteher der dortigen Gemeinde, Samuel Halberstadt,³) ein wohlhabender und unterrichteter Mann, an Mendelssohn, mit der Bitte, den Kabinetsrath Freiherrn von Fritzsche⁴), der, wie jener versicherte, Mendelssohn's „Lob stets im Munde führte", um Schutz und Schonung für die schwerbedrohten Glaubensgenossen anzuflehen und die Gefahr der Vertreibung von ihnen abzuwenden.

Sofort nach Empfang dieses in biblischem Hebräisch geschriebenen Briefes⁵) richtete Mendelssohn nicht an Fritzsche, sondern an den Freiherrn von Ferber ein rührend-schönes Schreiben, in dem es

¹) Moses Mendelssohn's ges. Schr. V, 543.
²) M. s. auch Allg. Zeitung des Judenthums, 1847, Nr. 6.
³) Samuel Halberstadt, Sohn des Löb Rachel's aus Halberstadt und Enkel des Amsterdamer Rabbiners Abraham Berlin, wird, wie mir Herr Oberrabbiner Dr. W. Landau in Dresden aus. handschriftlichen Aufzeichnungen der dortigen Wohlthätigkeitsgesellschaft mittheilt, als gelehrt und wohlthätig gerühmt. Er war der Rathgeber und Vertreter der Dresdener Gemeinde und wegen seiner Uneigennützigkeit allgemein verehrt. Samuel Halberstadt starb Neumondstag Tebet 5543, d. i. den 5. December 1782, und wurde noch an demselben Tage unter Fackelbegleitung zu Grabe getragen.
⁴) Das ist die Quelle für die irrige Behauptung, Mendelssohn habe sich bei dem damaligen sächsischen Gesandten in Berlin, Freiherrn v. Fritzsche, verwandt.
⁵) Der Brief, abgedruckt Chotam Tochnit, S. 82 ff., ist anfangs November 1777 zu datiren.

u. A. heißt: „Das Vertreiben ist für einen Juden die härteste Strafe; mehr als bloße Landesverweisung, gleichsam Vertilgung von dem Erdboden Gottes, auf welchem das Vorurtheil ihn von jeder Grenze mit gewaffneter Hand zurückweist. Und diese härteste der Strafen sollen Menschenkinder leiden ohne Schuld und Vergehung, blos weil sie andern Grundsätzen zugethan und durch Unglück verarmt sind? Und der Israelit soll ehrlich sein, an dem Armuth so hart als Unehrlichkeit bestraft wird? — Nein! ich enthalte mich aller weiteren Betrachtungen, um das Herz des Menschenfreundes zu schonen, welches dadurch zu sehr verwundet werden würde. Ich habe noch Hoffnung, gegründete, und in meiner Herzensangst mich noch tröstende Hoffnung. Unter der Regierung des besten, liebevollsten Fürsten, unter der Verwaltung weiser Menschenfreunde kann unmöglich Strafe ohne Vergehen zu befürchten sein, kann der schuldlosen Armuth, in welcher Gestalt, Sitte und Religion sie sich einfindet, nicht Feuer, Wasser und Obdach versagt werden.

Vergeben Sie, verehrungswürdigster Beschützer der Unschuld, wenn ich nicht so an Sie schreibe, wie ich an Sie schreiben sollte. Mein Herz ist zu voll, mein Gemüth zu unruhig, und keiner überlegenden Fassung fähig . . . . . ." [1]).

Diesen vom 19. November 1777 datirten Brief schickte Mendelssohn an Samuel Halberstadt mit folgendem, in hebräischer Sprache abgefaßten kurzen Begleitschreiben [2]):

Hannover, d. 19. Marcheschwan 5538 (19. Nov. 1777).

„Ich eilte und säumte nicht Ihrem Wunsche, geehrter Freund, zu entsprechen. Anbei erhalten Sie mein Schreiben an den Herrn Baron [3]) von Ferber; ich schrieb ihm in der äußersten Bestürzung und Niedergeschlagenheit, in die mich Ihr werthes Schreiben versetzte. Vielleicht habe ich die dem Herrn Baron schuldige Ehrerbietung außer Acht gelassen; doch „komme über mich was will, ich war zu

---

[1]) Moses Mendelssohn's ges. Schriften V, 544 f.

[2]) Diesen Brief fand Herr A. Neubauer auf dem Einbande des in Oxford befindlichen Exemplares der gedruckten Jggerot R. Mos s Dessau (Wien 1794) und veröffentlichte ihn in Israel. Letterbode, II. Jahrg., 175.

[3]) Vermuthlich heißt es in dem Briefe בר, nicht aber בן, wie Neubauer liest.

schwach es zu fassen, und das Wort zurückhalten, wer vermag es?" Uebrigens weiß ich, daß dieser Herr mir vergeben wird, denn er ist ein Tugendfreund und hat mich mehreremale in seinen Briefen versichert, sich mir, wenn nöthig, gefällig zu zeigen.

Der allmächtige Gott schenke Euch Gnade vor dem Herrn Churfürsten¹), daß er der Armen und Elenden schone und die harten Befehle zurücknehme, die er über das gedrückte und bedrängte Volk verhängt hat.

Ich bin stets zu Ihren Diensten bereit,

Ihr Freund
Moses Dessau.

Dem sehr geehrten ehrwürdigen Rabbiner Ihrer Gemeinde²), Herrn Jehuda Löb, meine Empfehlung; es ist nicht nöthig, daß dieser fromme Mann sich bemühe, besonders zu schreiben. Ich habe die Hoffnung, daß der Herr Baron mir meine Bitte nicht abschlagen wird".

Mendelssohn hatte sich in seinen Erwartungen nicht getäuscht; infolge seiner Fürsprache bei Herrn von Ferber wurde der churfürstliche Befehl zurückgenommen.

Den Brief Moses Mendelssohn's an Fromet, seine Braut, vom 25. August 1761³), welchen Herr Dr. Ab. Jellinek in „Lessing-Mendelssohn's Gedenkbuch", S. 201 ff. veröffentlicht hat und dem ein kurzes Schreiben an Brendel, die Schwester seiner Braut, hinzugefügt ist, übergehen wir hier; ebenso den Brief an Ephraim Moses Kuh vom 25. December 1781, der in unserer Schrift: Der Dichter Ephraim Kuh. Ein Beitrag zur Geschichte der deutschen Literatur (Berlin 1864), S. 27 ff. bereits abgedruckt wurde.

¹) Das כ״ם bedeutet hier Churfürst.

²) Nicht דקהלתנו, wie es Letterbode, 178 heißt; R. Jehuba Löb der mit Ezechiel Landau in Correspondenz stand (Noda Bijehuda I, 24), war damals Rabbiner in Dresden, wo er, nach Mittheilung des Herrn Oberrabb. Dr. Landau, Dienstag den 27. Ijar 5544, b. i. 17. Mai 1784, starb.

³) Der 25. Ab 5524 entspricht dem 25., nicht aber dem 1. August 1761, wie es Gedenkbuch, 201 heißt.

XII.
Moses Mendelssohn über Belohnung.
Ein Gespräch.

Als Mendelssohn mit Lessing im December 1777 zum letztenmale zusammentraf, unterhielten sich die beiden Freunde unter Anderem auch über das damals viel besprochene Werk des Niederländers de Pauw „Recherches philosophiques sur les Américains". Lessing versicherte, daß fast alle in diesem Buche angeführten Belegstellen falsch wären und daß die wenigen richtigen gar nicht das bewiesen, was der Verfasser beweisen wollte. Der in Münster verstorbene Hauptmann Rothmann, der mehrere Jahre in Amerika gelebt hatte, nahm an der Unterhaltung Theil.

Bei seiner Rückkehr nach Berlin erzählte Mendelssohn dem mehrerwähnten August von Hennings von seiner Reise und von dem seligen Vergnügen, das ihm der Aufenthalt bei Lessing bereitet hatte; er theilte ihm auch mit, daß er mit ihm über amerikanische Zustände gesprochen habe. Aus dieser Unterhaltung entspann sich alsbald ein Gespräch „über Belohnung", das uns von Hennings in seinen handschriftlichen „Reminiscences de Berlin" aufbewahrt hat[1]).

Mendelssohn. Wie Herr Rothmann[2]) versichert, theilen sich die amerikanischen Gelehrten die literarischen Producte, welche sie aus Europa erhalten, gegenseitig mit. Die Philosophie Baumgarten's hat sich in der neuen Welt eines solchen Erfolges zu erfreuen, daß sogar die Jesuiten sie in ihren Schulen eingeführt haben.

Er hielt einen Augenblick inne. Ein neues Feuer glänzte in seinen Augen und belebte sie. Plötzlich rief er aus:

Es ist doch eine herrliche Welt, die Gott geschaffen hat! Man braucht nur das Gute im Stillen zu wirken, es ist nie verloren, man ist des Erfolges sicher. Baumgarten hat in Frankfurt leben müssen, damit seine nächtlichen Studien den Amerikanern Nutzen und Aufklärung bringen, und ein anderer Erdtheil seine Arbeit belohne.

---

[1]) Dieselben befinden sich im Besitze des Herrn Professor Dr. Wattenbach in Berlin.

[2]) In Msc. heißt es Rohn, was entweder Abkürzung des Namens Rothmann ist oder auf einen Gedächtnißfehler beruht.

Hennings. Schön ist es, den Glauben zu bewahren, daß keine gute Handlung nutzlos ist. Es ist ein großer herrlicher Gedanke, daß es in der Tugend nichts Geringfügiges, nichts Verlorenes gibt und daß die scheinbar unbedeutendste Handlung früher oder später aus ihrer Dunkelheit hervortritt, um in der Verkettung von Ursache und Wirkung wieder zu erscheinen. Die Vorsehung bedient sich ihrer gleichsam als eines Mittels, um zu ihren Zwecken, ihren erhabenen Plänen zu gelangen. Dieser Gedanke verleihet dem Leben einen neuen Werth, verwandelt die Ruhe in Thätigkeit, ja es gibt keinen Augenblick der Lässigkeit mehr; das Gefühl wird wirksam: eine Geberde, eine Miene, ja ein einfaches Zeichen des Wohlwollens hat Einfluß auf das Ganze, und wäre es auch nur in dem Sinne eines Wassertropfens, der auf die ruhige Fläche des Weltmeeres fällt.

Dennoch wünschte ich, daß die um die Menschheit verdienten Männer schon hienieden für ihre Mühen belohnt würden, daß jede Tugend auch ihre Belohnung fände und daß die Welt nie undankbar gegen denjenigen wäre, der sie übt.

Mendelssohn. Welche Größe aber, wenn man nur des Lohnes wegen arbeitet[1]! Die Belohnung ist vorhanden, das muß genügen. Ob wir im Diesseits oder im Jenseits die Früchte unserer Mühen genießen — begnügen wir uns mit dem Bewußtsein, daß die Tugend nie ihr Ziel verfehlt. Das ist der wahre Reiz, der das Leben verschönert. Der dem Anschein nach zweifelhafte Erfolg der Tugend gibt der Seele jene Beharrlichkeit, ohne welche für sie weder Tugend noch Größe vorhanden wäre. Wenn das Gift unter seiner natürlichen Form erschiene, wenn die heilsamsten Kräuter auch die wohlschmeckendsten wären, so hätte die Mäßigkeit keinen Anspruch auf Verdienst, und dem Menschen bliebe nichts zu thun übrig.

Hennings. Nicht doch! Ich wünschte keineswegs, daß die Tugend uns so leicht würde, daß sie durchaus keine Anstrengung erforderte, aber ich wünschte, daß ihre Mühen und Qualen zu einem sichern Ziele führten.

Mendelssohn. Zweifeln Sie daran? Nicht darf das ganze Glück im Gefühle liegen, es hängt auch oft von der Vernunft ab,

---

[1] Die Idee, welche **Mendelssohn** hier ausspricht, ist den Sprüchen der Väter (I, 3) entlehnt.

von der innern Ueberzeugung, Gutes vollbracht zu haben. Wer sich
gesteht, daß er für die Tugend arbeitet, und wäre der Vortheil, der
aus seinen Arbeiten ersprießen kann, noch so fern, er wird sich nie
unglücklich, immer beruhigt fühlen, trotz der Undankbarkeit, mit der
die Welt ihm begegnet.

XIII.

Ein Besuch Moses Mendelssohn's in Friedrichsfelde.

Es war im Sommer des Jahres 1785, als Moses Mendelssohn in Begleitung seines Freundes Ramler eine Spazierfahrt nach dem, wenige Stunden von Berlin entfernten schönen Friedrichsfelde machte, um der dort residirenden Herzogin von Kurland einen Besuch abzustatten. Sowohl die Herzogin Dorothea als ihre Schwester, die unglückliche Elise von der Recke, eine der edelsten Frauen ihrer Zeit, verehrten innig den jüdischen Philosophen und schätzten sich glücklich, diesen liebenswürdigen Gesellschafter in ihrer Nähe zu haben.

Früher als die Herzogin erwartet hatte, traf Mendelssohn am kurischen Hofe bei den beiden „unvergleichlichen Schwestern" ein. Sie waren gerade mit ihrer Toilette beschäftigt und gaben ihrer Reisebegleiterin den Auftrag, die willkommenen Gäste einstweilen in den Schloßgarten zu führen. Mendelssohn und Ramler lustwandelten in dem herrlichen Park unter den schattigen Bäumen; voller Bewunderung der Schönheiten der Natur und der mannichfach in ihr wirkenden Kräfte gingen sie stillschweigend neben einander her, bis endlich die anmuthige Führerin, welche in der Gesellschaft dieser geistvollen Männer Gott und seine Welt lebhafter als sonst zu fühlen glaubte, nicht ohne Zagen das Schweigen brach. „Mir kommt das Niederhauen eines großen schönen Baumes beinahe wie ein Mord vor", hob die Dame an, „ein so wichtiges Product der Natur scheint mir ein Baum zu sein". Das führte Mendelssohn auf die Idee der Alten, auf die Bibel; er war nicht damit zufrieden, das der Dichter

für die Erhaltung des Baumes, außer der innern Belohnung, gut
gehandelt zu haben, noch äußern Wohlstand verheißt, das hieße, meinte
er, die Tugend zu einer feilen Dirne machen.

Sophie Becker, so hieß die Begleiterin, war ein höchst origineller
Charakter. In dem Alter von ungefähr dreißig Jahren stehend, befand
sie sich gerade damals in der Periode des Zweifelns; Mendelssohn
erschloß sie ihr ganzes Herz, er wurde ihr „theuerster Freund", sie
ihm seine „theuerste Sophie". Ihre Seele war von so mancherlei
dunkeln Vorstellungen und durch diese von so verschiedenen Gefühlen
bewegt, „daß sie sich irgendwo ergießen mußte". Mendelssohn war der
erste, wie sie in ihrem Briefe an ihn versichert [1]), von dem sie glaubte,
er würde sie verstehen, oder da, wo sie sich selbst nicht versteht, Licht
hinhalten können. In Betrachtungen über Menschenschicksal versunken,
fühlte sie in ihrem Herzen eine Leere und war sich selbst ein Räthsel:
sie konnte den Gedanken „Gott" nicht mehr fassen und nur „bei der
Betrachtung der Natur und der mannichfaltig wirkenden Kräfte in
derselben bewundern, erstaunen und verstummen". Ihre Gebete waren
nicht mehr Worte, sondern blos noch Gefühle, die durch Thränen
sich ausdrückten; für den öffentlichen Gottesdienst hatte sie keinen
Sinn mehr. „So sieht es in meiner Seele aus, theuerster Freund;
nur Ihnen lege ich sie offen dar", heißt es in dem erwähnten Briefe.
„Rathen Sie mir, auf welche Art ich es anfange, meinem Herzen
den Gott näher zu bringen, den mein Verstand im Sandkorn wie
in der Sonne anbetet".

Mit dieser liebenswürdigen kurländischen Freundin der Skepsis,
der die Unterhaltung mit Mendelssohn Balsam war und sie zur
reifern Prüfung stimmte, mit dieser „theuersten Sophie", welche den
letzten köstlichen Brief, den das Herz des Philosophen dictirte, als
ein Zeugniß inniger Freundschaft bewahrte, durchstrichen Mendelssohn
und Ramler den Hofgarten, bis die Herzogin selbst erschien. Im
traulichen Gespräche vergingen rasch die Morgenstunden und die
Mittagszeit rückte heran; Mendelssohn entfernte sich stillschweigend.
Er ging in das nächste Wirthshaus, wo er sich ein frugales Mahl
bestellt hatte, denn — es sind das Sophiens Worte — aus einem gewiß

---

[1]) Moses Mendelssohn's ges. Schr. V, 646.

sehr ehrwürdigen Grunde läßt sich dieser philosophische Mann nie zu den Mahlzeiten der Christen laden [1]).

Nach Tisch kehrte Mendelssohn zu den Freundinnen zurück. Ramler wurde aufgefordert etwas zu lesen, und da gerade Nathan der Weise auf dem Tische lag, so wählte er etwas daraus. Während die Herzogin und Elise von den Wahrheiten seiner Gedanken oder von dem trefflichen Charakter des Nathan zur lauten Bewunderung hingerissen wurden, saß Mendelssohn mit verschlossenem Munde da; seine Seele schien sich blos in das Auge zurückgezogen zu haben.

Um die ernste Empfindung sanfter zu stimmen, trat endlich die Herzogin ans Klavier und spielte eine seelenvolle Arie. Am Schlusse derselben empfahl sich Mendelssohn, indem er mit Thränen in den Augen versicherte, er hätte einmal mit dem Geiste geschwelgt.

Er hatte einen glücklichen Tag verlebt, so glücklich, wie ihm nur noch wenige beschieden waren.

---

[1]) Briefe einer Kurländerin, II, 172.